本当の恋を教えて

高岡ミズミ

幻冬舎ルチル文庫

CONTENTS ✦目次✦

本当の恋を教えて

✦イラスト・広乃香子

✦カバーデザイン＝久保宏夏（omochi design）
✦ブックデザイン＝まるか工房

伝えたい気持ち

1

好きなひとがいるかと聞かれたら、いないと答える。おまえ、高二にもなって好きな子のひとりやふたりもいないのかとばかにされたって、俺は望みが高いんだよと笑ってやるんだ。たとえそれが嘘《うそ》でも。

「さて、続きを読んでもらおうか。今日は九日だな——九番立て。里見《さとみ》、里見和秀《かずひで》」

「あ、はい！」

名前を呼ばれて、すぐに椅子《いす》から立ち上がった。

「ええと……どこだっけ？」

教科書をぱらぱらと捲《めく》っていると、不機嫌な縦皺《たてじわ》を眉間《みけん》に刻んだ教師が教壇《きょうだん》を下り、ゆっくりとした足取りで歩み寄ってくる。

「弁当食って腹はいっぱいだし、天気はいいし」

指先についたチョークの粉を払いながら、教師は僕の目の前に立った。

「眠くもなるよな、里見」

窓の外は快晴で、ぽかぽかとあたたかい日差しが教室に入り込んでいる。六月半《なか》ば、今年は空梅雨《からつゆ》で晴天の日が多く、先生の言うとおりうっかりすると眠気に襲われてしまう。

でも、この時間だけは寝るわけにはいかなかった。

「ちゃんと起きてるから」

先生の目線は少し――いや、かなり上だ。百六十七センチの僕よりはたぶん十センチちょっと高いので、必然的に上から見下ろされる格好になる。

他の教師たちはわりとラフな服装をしているのに、いつもスーツを身に着けて、しかもそのスーツは上等そうだ。それとも、上等そうに着こなしているのだろうか。

「ほう？　そうか。俺はまた目を開けたまま寝てるのかと思ったがな」

今日のネクタイは涼《すず》しげなブルー系。六月だというのに汗ひとつ掻《か》かないうえ暑苦しく見えないのだから、さすが我が校きってのさわやかなイケメン教師と評されるだけのことはある。

趣味もたぶんいいのだろう。この前、英語教師の足達《あだち》がさりげなくネクタイを褒《ほ》めているのを耳にした。足達は先生に気があるという噂《うわさ》がある。

「そんな器用なこと、いくら俺でも無理だって～」

へらへらと笑ってみせたが、先生は笑ってくれない。真顔のままで黒板を指差す。

「まあいい。黒板の字を読んでみろ、里見」

「え……っと、伊勢物語？」

僕も先生に倣《なら》って黒板を示しながら、そこに書かれた綺麗《きれい》な文字を読み上げた。

「それで、おまえが読まなくちゃならないのはなんだ」

「だから、伊勢物語？」

「正解。だが、おまえに読めと言っても無理そうだな。座っていいぞ」

読まなくちゃならないと言ったわりにはタイトルだけで許してくれた先生は、あっさりと教壇に戻っていく。途端《とたん》に、ざわついていた周囲がしんと静まった。

次は誰が指名されるかとみなが恐々としている中、十番狭山《さやま》が呼ばれた。狭山は緊張した様子で立ち上がると、すぐに音読し始めた。最初こそたどたどしかったものの、三ページ、一度も引っかかることなく読み終えた。

前回の授業で先生が「読んでこい」と宿題を出したから、必死で読んできたにちがいない。先生の言う「読んでこい」は「読み込め」という意味で、読んでもいないのに読んだふりをできるほど安易な課題ではなかった。

今日当てられる可能性のある生徒は少なくとも何度か練習してきただろう。さぼったことがばれたら、先生からえげつない罰《ばつ》を与えられるとわかっているからだ。

「よろしい」

先生は満足げに深く一度頷《うなず》いて、狭山を座らせた。あちこちで小さく拍手が起こり、狭山は安堵《あんど》の表情を浮かべる。

「里見」

ふたたび先生の矛先《ほこさき》は僕に向いた。

来た。いよいよだ。覚悟していた僕は、素直に右手を上げた。

「はぁい」

さて、今日の「えげつない罰」はなんだろうか。

「『はぁい』じゃない。返事は短く」

ぎろりと睨《にら》まれ、「はい」と言い直す。

一度教壇をこつんと指で叩《たた》いた先生が、この後、いままでで一番過酷《かこく》な罰を口にした。

「いま狭山が読んだところを、明日までにノートに書いてこい。五回」

「嘘！」

思わず立ち上がって抗議する。読むだけならまだしも、三ページを五回ずつ書き写すなんて絶対無理だ。

「数学の課題もあるのに！」

なんとか撤回《てっかい》してほしくて両手を合わせたが、涼しい顔であしらわれる。こういうところが「えげつない」と言われる所以《ゆえん》だ。

「里見、俺が冗談を言ったことが一度でもあるか？」

「ない、です」

「わかってるんなら何度も言わせるな」

ぴしゃりと切り捨てられて、つい唇《くちびる》が尖《とが》る。少しくらい励《はげ》ましなり労《ねぎら》いなりしてほしいと思うが、先生にそんなものを望んでも無駄《むだ》だというのはわかっていた。

僕の気も知らずあくまで素っ気ない態度の先生に、椅子に座りながら小さく「鬼」と呟くと、どうやら聞こえていたらしくて背筋が凍りつかんばかりの冷やかな横目が突《つ》き刺さった。

「追加、二ページ」

「いやーっ、勘弁して！　そんなの、物理的に無理だって！　俺に徹夜しろって言ってる?!」

教室に僕の叫び声とみんなの笑い声が響き渡る。先生はどっちも無視して、まるで何事もなかったかのように授業を再開した。

はあああ。

心中でため息をこぼしつつ、もう少しも僕を見ようとしない端整な顔を、黒板を見るふりで盗み見る。

真壁知之《まかべともゆき》。それが先生の名前だ。一年B組の副担任で、僕のクラス、二年A組へは週に三時限だけ古文漢文を教えにやってくる。

二十九歳独身。

神経質そうだし、冗談は嫌いだし、罰は容赦《ようしゃ》ないのに人気があるのは若い独身教師がいないから――という単純な理由ではもちろんない。

先生は格好いい。背が高くて、姿勢もよくてスーツが似合って、教師だから当たり前なんだろうけど頭だって切れる。他の教師たちよりも頭がよく見えるのはけっして贔屓目《ひいきめ》というだけではなくて、たぶん先生が生徒に対して媚《こ》びるような態度を取ったり、反対に見下したりしないせいだと思っている。

おまけにルックスだってかなりいい。私立高校の教師をしてるのがもったいないくらいイケメンだ。

きりっとした眉《まゆ》にきりっとした目許《めもと》。きりっとした唇――とにかく全部がきりっとしているから怒鳴《どな》らなくても、たった一睨みが結構効く。みんなが宿題を忘れないのは罰が厭《いや》だからというのもあるが、もしかしたら先生に嫌われたくないという深層心理が働いているのかもしれない、なんてことを本気で考えてしまうのはやっぱり、僕が一番そう思っているからだろうか。

先生に嫌われたくない。

他の教師にはどう思われてもいいから、先生に嫌われるのだけは厭だ。

でも、僕は今日指名されることがわかっていたのにわざと課題を忘れた。

今日だけじゃない。もう何度も課題をやらずに罰を受けている。

そうでもしないと僕みたいにスポーツも勉強も平凡な生徒は埋もれてしまう。見た目も平凡で、小顔と二重《ふたえ》の目が羨《うらや》ましいなんて女子に言われる程度では担任でもない先生の目を引くことなど到底できない。

週にたった三時限なのだ。

その間に先生は、いろいろなクラスで何百人という生徒と接する。大勢の中で平凡な自分を印象づけるには、それなりのことをしなければならなかった。

成績で一番――を取れればいいけど、そんなの絶対無理なのだからばかな真似《まね》でもやるしかない。それに、他にも理由はある。翌日古文がなくても課題を提出するという理由で先生に会えるのだ。ノートを渡す、そのわずかな時間でも僕には必要だった。

先生が僕のことを、課題をあまりやってこないばかな生徒くらいにしか思ってないことは、もちろんわかっているつもりだ。僕にとっては特別な存在でも、先生には僕なんて大勢の生徒の中のひとりでしかないことも。

わかっていてもどうしようもない。自分でも涙ぐましい努力だと呆《あき》れるばかりだ。

「来週は今日の続きから始める。よく読んでくるように」

先生が終わりの言葉を発するとほぼ同時に、チャイムが鳴った。

ばらばらと生徒たちが立ち上がり、日直の号令とともに一礼する。先生は教壇を下りて、そのままドアに向かった。と、なにを思ってか、その足を止めて振り返る。

視線が合った。

「特に里見」

「……え、俺?」

不意打ちに面食らい、目を瞬かせる。

「そう、おまえだ、里見。しっかり読んでこい。わかったら返事」

まっすぐ見て念押しされ、慌てて頷いた。

「あ、はい！」

「よし。期待してるぞ」

それだけ言って先生は教室を出ていった。その背中を僕はどきどきしながら見送る。

やった……。

声かけてもらった。

嬉しさに頬《ほお》が緩み、こぶしをぐっと握《にぎ》る。もちろん過剰な期待なんてしないけど、ちょっとは努力が報われたかな、とか思ったりして。

「『おまえだ、里見、しっかり読んでこい』」

いい気分に浸《ひた》っているところだったのに、いきなり背後から肩を叩かれた。驚いて振り向くと、後ろの席の大島《おおしま》が芝居《しばい》がかった仕種《しぐさ》で両手を広げた。

「今日の真壁チャンもおっとこ前だったよなあ」

先生の真似をして眉間に皺を寄せてみせた大島は、「期待してるぞ」と声音《こわね》をワントーン落とす。

ぜんっぜん似てねーよ！　と喉《のど》まで出かけた言葉を呑《の》み込み、苦笑いでごまかした。

「やめろよ。心臓に悪いだろ」

先生の声はもっと通りがいい。滑舌《かつぜつ》がいいせいか聞き取りやすくて、少しだけハスキーだ。まさに大人《おとな》の男の声で、大島がどんなに頑張ったところで似ても似つかない。

「だってよぉ。おまえ、何度目だよ」

呆れた上目を流されて、僕は無理やり渋面を作る。

「さあ、いちいち憶《おぼ》えてねえし。ああでも、最悪っ」

わざと厭そうな態度をしてみせることにも最近では慣れてきた。

「五ページ五回なんて、絶対無理だろ！　マジで鬼だし」

大島だけでなく、クラスメートはきっと性懲《しょうこ》りもないと呆れているにちがいない。

「まあ、確かにどう考えても無理だよな」

「だろだろ。できないことを言うなっての」

ため息をついてみせた僕に、大島が首を傾《かし》げた。

「てか、わかっててやってこない里見のほうが、俺には謎《なぞ》だね」

「………」

大島の指摘はもっともなので、返答に詰まって視線をうろつかせる。

「それは――」

面倒だから、古文が苦手だから、どちらを言い訳にしようかと頭を巡らせていたとき、思いもよらない一言が投げかけられた。

「おまえ、真壁がそこまで嫌いなんだ？」

「……え」

嫌いなわけがない。そうじゃないから、自分の存在を必死でアピールしているのだ。

「べつに、嫌いってわけじゃないけど」

大島は、隠さなくていいとでも言いたげに右手を左右に振った。

「ムカつくから反抗すんだろ？　俺から見ると、真壁なんかまだマシって気がするけど。まあ、女にモテるところは確かに気に食わねえな」

決めつけられても、反論できなかった。周囲の目には僕が先生を嫌って反抗しているように見えるのかと、いまさら気づく。自分では反抗しているつもりなんてさらさらなかっただけに不安が頭をもたげてくる。

もしかして先生も……先生も僕が嫌っていると勘違いしているのだろうか。

「それはそうと」

大島がにっと笑い、大きな前歯を覗《のぞ》かせた。

「いまから遊びにいかねえ？　片桐《かたぎり》たちとファミレスで待ち合わせしてんだよ」

「え、あ……そうだな」

顔が引き攣《つ》りそうになるのを我慢して、あくまで軽いノリを続ける。先生にアピールしたいと思っていても、先生自身にもクラスメートにも僕の本当の気持ちを知られるわけにはいかなかった。

軽くて、元気だけが取り柄のばかな生徒。それでいい。

「行きたいけど、俺、ノート写さなきゃいけないし」

大島が大口を開けて笑う。

「できっこないって。やるだけ無駄だろ」

一刀両断したかと思うと、ヘッドロックをかけてきた。

「だから、行こうぜ。真壁だって期待してないだろうしさ」

「ん……」

最後の一言が耳と胸に刺さる。そんなこと改めて言われなくてもわかってると、自虐《じぎゃく》的な気持ちにもなる。なんにしても先生にとって自分が些細《ささい》な存在であるのはいまさらなので、笑いながら思案のそぶりをしてみせた。

「なあ、行こうって」

大島は首の腕をぐいと引き寄せ、髪を掻き混ぜてくる。

「やめろよ」

逃れたくて身を捩《よじ》った、そのときだ。

「里見」

僕を呼ぶ声が聞こえる。誰が、なんて確認する必要はない。

「聞こえなかったか？」

教室の引き戸のあたりから再度呼びかけられて、僕はかぶりを振った。

「……聞こえてる」

聞こえてるけど、驚いたんだ。なにしろ鴨居《かもい》に手をかけて立っているのは、ついさっき出ていったはずの先生だ。まさか戻ってくるとは——僕を呼ぶとは想像もしていなかったのだから。

首の拘束が緩んだから、僕はその場に大島を残して先生に歩み寄った。

「あの……なにか」

先生が目を細める。それだけで体温が上がったような気がする。

「警戒しなくてもこれ以上課題は増やさない。その代わりと言ってはなんだが、ちょっと手伝ってくれるか」

意外な申し出に、すぐには返事ができなかった。

「え……俺が？」

ああ、と答えた先生は、その目を大島に向けた。

「用事があるのなら、他に頼むが」

先生の視線を受けた大島はびくりと肩《かた》を跳ねさせる。口ではなんのかの言っても、大島は基本真面目《まじめ》な性格なので教師に反抗的な態度を取ることはない。僕に同情のこもった横目を流して、右手を上げて帰っていった。

「どうだ?」

再度問われて、緊張しつつも首を縦に動かした。

「べつにいいけど」

用事があったって先生を優先するに決まってる。

「じゃあ、一緒に来てくれ」

頬が緩みそうになるのをなんとか我慢して、先に歩き出した先生の背中を追いかけた。こんなチャンスは滅多《めった》にないのだから横に並べばいいのに、そうしたいという気持ちはあるのに、実行に移せず数歩後ろをついていく。

少し小走りになるのは身長の差というより脚の長さの差か。そう思えば面白くなかったが、一方で後ろ姿にすら見惚《みと》れてしまい、我ながらけなげなもんだと笑えてくる。

職員室に入ると、そこにいた二、三人の教師が先生と僕を見た。「おや」と不思議そうな顔をするのは、先生が一年の副担任だからだろう。

「里見。もしかしておまえ、なにか仕出かしたのか?」

問うてきたのはうちの担任の飯田《いいだ》で、僕が先生に叱《しか》られるとでも思っているようだ。

「いえ、そうじゃありませんよ」

僕が答えるまでもなく、先生が説明してくれる。

「六時限目が彼のクラスだったもので、ついでにちょっと手を貸してもらおうと声をかけただけです」

先生の言葉に、僕はこっそりかぶりを振る。先生にとっては「だけ」であっても、僕にはちがうよと否定しながら。

飯田は納得顔になり、人差し指を僕に向かって突き出した。

「いいか、里見。ちゃんと役に立てよ。間違っても真壁先生の足を引っ張るんじゃないぞ」

「なにそれ。引っ張るわけないじゃん」

舌打ちをすると、飯田ばかりか周囲の教師までも笑い出す。いちいち反応したらよけいにからかわれるのはわかっているので、仏頂面《ぶっちょうづら》で受け流した。

「里見くんが可愛《かわい》いからよね」

そう言って近寄ってきたのは——足達だ。足達は先生のすぐ傍《そば》までやってくると、親しげに笑いかける。

「真壁先生も、里見くんをあまり苛《いじ》めちゃ駄目ですよ?」

若くて美人で優しいと、全校男子の憧《あこが》れの的である足達だが、もちろん僕は好きじゃない。

先生に気がある人間はみんな苦手だ。

「足達先生。可愛いっての、褒め言葉じゃない」

先生に近づくな。笑いかけるな。

馴《な》れ馴《な》れしく話しかけるな。

声にはできない台詞《せりふ》を心中で叫ぶ。たとえ冗談っぽくであっても、口にする勇気なんてない。

「苛めませんよ」

ふと、頭に重みを感じた。先生の手だった。先生が僕の頭に手を置いて、髪を撫《な》でた。いや、撫でたというよりも掻き回したと言ったほうが正解で、僕の髪はくしゃくしゃになる。

そのせいでまた笑われたが、どうだってよかった。

「ちゃんと可愛がってます」

同じ「可愛い」という単語でも、先生の口から出るとまったくちがって聞こえる。どきどきして、自分が変な顔をしているような気がして無理やり不機嫌を装った。

「なんだよ、髪が乱れたじゃん」

頬が熱い。赤面していないだろうか。それとなく顔を背《そむ》けると、当の先生はいたって普段どおりの様子で机の上から数枚のプリントを拾い上げた。

「早速だが、里見。これをコピーしてきてくれ」

手渡されたそれは、文化祭に関する資料だ。来月には文化祭がある。先生は文化祭の責任者だった。

「三十部ずつでいい。コピーしたら右隅《みぎすみ》をホッチキスで綴《と》じて持ってきてくれ」

先生の指示に頷いた僕は、プリントを手に職員室の隣にあるコピー室に入った。すぐに作業に取りかかり、コピー機の立てる低い音を耳にしながら壁《かべ》の鏡を覗き込んだ。

癖《くせ》のない直毛は、すでに元通りになっている。自分でも髪に触ってみて、先生の手を思い出しただけでまたどきどきしてくる。

青春のシンボルであるニキビが額にひとつ。もしかして思われニキビってヤツじゃなかったっけ、なんて都合のいいことを考えていたら三十枚のコピーが終わった。

次の資料をセットして、スタートを押す。すると、いきなりおかしな音がし始めた。

「え、嘘」

紙が出てこない。詰まったみたいだ。

自分でなんとかしようと思ったが、故障かもしれないのでやめておいた。先生を呼びに職員室に戻ったとき、先生は真剣な面持《おもも》ちで机に向かっていた。手に持っているのは赤ペンだ。テストの採点でもしているのだろう。

「真壁先生」

少し離れた場所から呼ぶと、先生が顔を上げてペンを置いた。

「どうした?」

「紙詰まりしてコピーできなくなった」

「わかった」

先生は立ち上がり、首を左右交互に傾けながらコピー室にやってきた。前髪を右手で掻き上げる、その姿にすら見惚れてしまいそうになる。

「俺、なにもしてないよ」

目を伏せた僕に、先生はひょいと肩をすくめた。

「誰もそんなこと思ってない。酷使しているから、最近調子が悪いんだ」

そう言うが早いか、コピー機の上部を開けて中でクシャクシャになっていた用紙を取り除く。単なる紙詰まりだったようだ。

「よかった。壊したのかと思った」

スタートボタンを押してみると、ふたたび低い音を立ててコピーが始まった。これで続きができる、とほっとしたのも束《つか》の間《ま》、今度はコピーどころじゃなくなった。先生がコピー室を出ていかず、壁に凭《もた》れて僕を——じゃなくてたぶんコピー機の状態なんだろうけれど、眺めているからだ。

「あ……あのさ、また詰まったら呼ぶし」

本来ならおいしい状況であるはずなのに、意識しすぎてどうにも落ち着かずそわそわしてしまう。コピー機に目を落としたまま、ぶっきらぼうな態度を取る。

「おまえ、猫っ毛だな」

先生は、ぜんぜん関係のないことを口にした。

それだけじゃない。壁から背を離してすぐ傍までやってくると、また僕の髪を触ったのだ。

心臓がすごい勢いで脈打ち始める。逃げることも、反応を返すこともできず背中に汗まで滲《にじ》んでくる。

先生は今度も僕の髪を掻き混ぜてくるが、さっきとは触り方がどこかちがっている。いや、同じなのに僕が動揺しすぎているせいでちがって感じるのかもしれない。

「……先生」

どうしていいかわからず、戸惑いながら先生を呼ぶと、声がみっともなく掠《かす》れた。

こんなの……絶対変に思われる。

ぎゅっと目を閉じた。直後、唐突に先生の手が離れていった。

「続き、頼んだぞ」

その一言で先生は僕から離れて、職員室に戻っていく。

「特別サービスだ。五ページ、一回でいい」

去り際にそんなことを言われても、僕はどう返事をしたらいいのかもわからなかった。

ドアが閉まり、ようやく肩の力が抜ける。指が震えているのに気づき、ぎゅっと握り込んだ。

やばい。こんなことで音《ね》を上げてちゃ、いままで頑張ってきた意味がないのに。

「なにやってんだよ……まったく」

自己嫌悪に顔を歪《ゆが》め、もやもやとした気持ちでコピーを再開した。その場で綴じる作業もすませ、三十部ちょうどあることを確認してからコピー室を出たとき、先生はまだ採点中だった。

「先生、できた」

声をかけた僕に、先生はプリントの束を机に伏せてから手招きをする。もし犬だったらきっと千切《ちぎ》れんばかりに尻尾《しっぽ》を振ってるんだろうな、なんておかしな妄想が頭をよぎり、複雑な心境になった。

「これ、文化祭の実行委員会で使うやつ?」

僕が差し出したコピーを確かめながら、先生が「ああ」と軽く顎《あご》を引く。

「今年もひとり一点なにか出展しなければならないから、里見もよく検討しておけよ」

先生が言っているのは、個人展示の件だった。

「あー、あれ、面倒なんだよね」

特に特技のない生徒にとっては悩みの種だ。去年も困って、結局、大島と共作で空《あ》き缶《かん》を使ったオブジェもどきを作った。どうせ今年も大島が誘ってくるだろう。

先生は答案を鍵《かぎ》のかかる引出しにしまい、椅子を引いた。

「部活?」

「文化祭が近いからな」

先生は写真部の顧問《こもん》をしている。それを知ったとき写真部に入部しようかと真剣に考えたが、下心が透《す》けて見えるのが怖くてできなかった。

「先生もまた出展するんだよね、写真」

「そうだな」

去年の文化祭を思い出して、少し厭な気分になる。

先生の写真はポートレイトで、モデルは足達だった。足達の笑顔はいまでも焼きついている。その後足達と先生の噂が生徒の間でまことしやかに流れて――いまでもあやしいと思っている奴《やつ》がいると聞く。

たぶん先生もそれを知らないはずはない。

「また、あだ……人間を撮《と》んの？」

足達を、と言いかけて慌てて言い繕《つくろ》った。

「どうかな。まだ決めてない」

素っ気ない返答をして職員室を出ていく先生の背中を、僕は黙って追いかけた。

やっぱりまた足達を撮るのだろうか。でも、そうしたら今度こそ噂ではすまなくなる。それに、もし先生が承知のうえでそうするのなら、噂が単なる噂ではないと肯定したも同然だ。

問い質《ただ》したい衝動を堪《こら》えながら、階段の前まで来る。先生が向かうのは下で、僕は上の教室に鞄《かばん》を取りにいかなければならない。

「さっきの質問だが」

階段を下りる前に、先生が口を開いた。

「少なくとも足達先生は撮らない」

「…………」

どんな反応をすればいいのかわからず、僕は先生をじっと見る。先生はいつもと同様、まるで課題を出すかのような口調で先を続けていった。

「モデルなんて誰でもよかったんだが、あとでいろいろ言われるのはあまり歓迎できないしな」

「…………」

「気をつけて帰れよ」

最後にそれだけ言って、先生は階段を下りていった。

それで十分だった。まるで僕の気持ちが通じたみたいに、一番知りたかったことを教えてくれた。

あれは噂だけだったんだね。

いまの言葉は、そう信じてもいいんだよね。

現金にもすっかり舞い上がった僕は、一段飛ばしで階段を駆け上がった。

家に着くと、二分後には部屋で課題に取りかかっていた。明日はノートを渡すという口実で先生に会いにいくのだ。

父さんの転勤に伴って何度か引っ越しをくり返してきたが、一軒家に住みたいという母さんのリクエストを叶《かな》え、一年前からいまの家に住んでいる。築十五年の賃貸家屋には小さな庭もあって、以来、ガーデニングが母さんの趣味になった。

学校まで電車で十五分と少し遠くなったものの、近くに神社や公園のある昔からの住宅地は僕にとっても存外居心地がよかった。

しばらくして、ご飯と呼ばれて階下に下りた。

「帰ってたんだ」

いつもは遅い父さんがめずらしく帰宅していて、三人で夕食を囲む。さっさとご飯を食べて課題の続きをやりかったが、おもむろに父さんは箸《はし》を置いた。

「どうだ、学校は」

こんなことを聞いてくるのは、理由があるのだろう。僕が咄嗟《とっさ》に思い浮かべたのは、この前母さんがそれとなくこぼした一言だった。

編入試験って難しいのかしらね、と。

転勤族の父に従ってこれまで何度も引っ越しをし、そのたびに転校を余儀なくされてきた僕には「編入試験」なんて洒落《しゃれ》にならない。その後母さんがその話をしてこなかったので、すっかり忘れていたのだが。

「どうって――べつに普通だけど」

焼き鯖《さば》を突《つつ》く傍《かたわ》ら、短い返答をする。

「楽しいか?」

「……楽しいってわけじゃないけど、それなりにやってる」

父さんはなぜこんな質問をしてくるのか。厭な予感がしたものの、こっちから水を向けるのは躊躇《ためら》われた。

「そうか」

間が空く。てっきり話は終わったのだとばかり思って椅子から腰《こし》を上げると、そのタイミングを待っていたかのように父さんがまた口を開いた。

「大事な話がある」

仕方なく僕はまた座る。厭な予感はいっそう膨《ふく》らみ、不安が込み上げてくる。まさかと疑う半面、そんなはずはないと笑い飛ばす気持ちもあって、わざとぞんざいな態度を見せた。

「なに? 宿題があるから早くしてよ」

だが、平静を装えたのはここまでだった。母の顔をちらりと窺《うかが》った父さんが、

「転勤が決まった」

そう言ったせいだ。

「……転勤が……決まった？」

自分でも口にして、動揺する。

「急になに言ってんだよ！」

冗談じゃない。転校なんて——絶対したくない。

「単身赴任するんだろ？」

これまではどんなに厭でも泣き言ひとつ漏《も》らさなかった。子どもなりに仕方がないとわかっていたからだ。でも、今回はちがう。来年は受験だし、転校なんてしたら——。

「考えてもみてよ。高二なんだし、いまさら転校なんて」

母さんに同意を求めたが、望む言葉は返ってこない。母さんも迷っているようだ。

「なんだよ。母さんも俺に転校しろって言うわけ？」

すぐに返事がなかったことが不快で、母さんを睨む。母さんは迷っているわけではなくて、困っているのだと気づいた。

「だって和くん。単身赴任なんてそんなの無理よ。かといって、頼れる親戚さえいないここに和くんひとり残すわけにもいかないじゃないの。それに、近くにいい学校があるの。受験

にはそっちの学校のほうがいいと思うわ」

信じがたい言葉を発した母さんに、かっと頭に血が上る。

「勝手なこと言ってんなよ。俺、厭だ。転校しないから」

「和くん」

母さんが閉口して顔を曇《くも》らせる。その表情すら、身勝手に感じた。

「高二の途中で転校なんて、そんなの……俺のことなんて少しも考えてないんじゃん！」

唐突に先生の顔が浮かんだ。友だちと離れたくない。受験もある。先生のことを考えると、なおさら気持ちが乱れた。

転校したらもう先生と会えなくなる。会えなくなったら僕のことなんてすぐに忘れられるに決まっている。

先生といられるのはたった三年だけなのに。卒業まで二年足らず。もう二年ない。だけどまさかその二年すら取り上げられてしまうなんて。

「絶対に厭だから」

強い語調で吐き捨て、落ち込む母さんから目をそらして立ち上がった僕は腹立たしさに任せて二階に上がり、自室に駆け込んだ。ベッドに突っ伏すと、唇に歯を立てる。

母さんの気持ちがわからないわけじゃない。母さんには喘息《ぜんそく》があって、たまにとはいえ夜に発作《ほっさ》が起きるときもあるので、父さんと離れて生活するのは不安だろう。

でも、僕だって。

転校したらもう二度と先生に会えなくなる。同じ学校にいたら、見かけるくらいはできるのにそれもなくなってしまう。

こんなに好きなのに。好きで好きでたまらないのに。

もちろん叶えようなんて思っていないし、打ち明ける気すらない。ただ、先生の近くにいたいだけ——それすら許されないというのか。

ちゃんと気持ちを自覚してから一年足らず。最初の二ヶ月は、自分がおかしくなってしまったと悩み抜いた。何度も何度も気のせいだと思おうとした。

それまでも先生のことは知っていたし、目立つ先生だなと注目もしていたが、まさか自分が同性を好きになるとは思いもしなかった。

すらりとした長身でスーツを着こなして、教師にはもったいないくらい整った顔なのに、なんだかいつも気難しそうで……先生が近くにいるときは決まって目が離せなかった。

最初にいいなと思ったのは、たぶん声だ。低いわりによく通る声は、先生の性格が表れたような語尾の快活さも含めて、僕の耳にはとても心地よく響いた。

それから、次に仕種。髪を掻き上げる手つきとか、考え事をするときに左手を額に当てる癖とか。

後ろの席の生徒を見るときに目を細めるのは、視力のせいかもしれない。

あと、機嫌のいいとき、にっと口角を上げる笑い方もいい。

決定的になったのは、あのときだ。

去年の、夏の盛りだった。よりにもよって炎天下の中どうして奉仕作業なんてするのか、五、六時限目を潰《つぶ》して学年をあげて清掃をしていたとき。

前日に原付の練習で転んでしたたかに打った膝《ひざ》が、長時間の草取りのせいで痛み始めた。ずきずきして、ついにはしゃがんでいることがつらくなった。

少しだけ休もうと、周りの目を盗んで自転車置き場の隅で脚を投げ出して座っていると、運悪くそれを作業責任者の教師に見つかったのだ。

サボっていたわけだから、当然ひどい剣幕で責められた。みんなが一生懸命やっているときに自分だけ楽をして恥ずかしいと思わないのか、と詰《なじ》られた。

——膝が、ちょっと……痛くて。

一応そんな言い訳をしたが、さらにきつく叱責《しっせき》されて、僕は背中を丸める以外どうしようもなかった。

そのときだった。

先生が現れた。

——待たせたな。

近づいてきた先生は教師の前に立つと、なおも意外な言葉を重ねた。

——彼にはこれから資料室の整理を手伝ってもらう約束になっているんですが、なにか不都合なことでもありましたか。

先生の一言に、責任者の教師は極《き》まりが悪そうに首の後ろを掻きながら去っていった。

その後、先生の言葉どおり資料室の整理をすることになったのだけれど、椅子に座っての作業はずいぶん楽で、助かった。おそらく先生はあのとき、僕の名前も知らなかったにちがいない。同じ部屋で作業をする間、一度も僕の名前を呼ばなかった。

ほとんど口もきかないまま終了時間になり、教室に戻る間際。

——病院に行ったほうがいいぞ。

先生は僕にそう言った。膝の怪我《けが》に気づいたから庇《かば》ってくれたのかと、このときわかった。

些細と言えば些細な出来事だ。たぶん先生だってもう憶えてもいないだろう。でも、僕には忘れられない出来事になった。

その日のうちに病院に行くと剝離《はくり》骨折と診断されて、それがさらに先生への信頼感に繫《つな》がった。先生だけがわかってくれた——なんて、本気でそのときは思ったのだ。

気になっていた相手が、すごく好きなひとに変わるのにたいして理由は必要ない。少なくとも僕にはこの程度のきっかけで十分だった。

二年に進級してからは先生の授業を受けられるようになり、ますます気持ちが傾いていった。名前を憶えてもらって、呼んでもらって、話だってできた。

今日、僕の髪に先生の手が触れたときはどきどきして、心臓が口から飛び出しそうだった。先生はきっと想像もしていないだろうけど、僕にとっては初めて好きになった同性だし、真剣という意味なら、おそらくこれが初恋だ。

ごろりと寝返りを打った僕は、ため息をついた。

どうしたらいいのかわからない。

なんで僕は子どもなんだろうと、たったひとつの対策も浮かばない自分が厭になる。僕にできることなんて、課題をこなすくらいだ。せっかく先生がおまけしてくれた課題だから、ちゃんとやらなければならない。

ベッドから重い身体を起こして、なんとか机に向かう。古文の教科書を開いて、シャーペンを手にして集中しようとしてみるが、一字も書くことができない。

目の奥が痛くなる。

半ば無意識のうちに「真壁知之」とペンが動いていて、指先で文字をなぞってから消しゴムで消した。

このままじゃ絶対後悔する。後悔したまま転校したくない。

でも、どうしたらいいのか……好きだと言っても迷惑をかけるだけだから、他の方法を考えなければ。

ぎゅっと目を瞑《つぶ》って、先生の姿を思い浮かべる。

——里見。

声を思い出す。深みのある、よく通る声だ。

指の長い大きな手が、僕の髪に触れた。

髪だけでなく、他のところにも触ってほしいという欲はもちろんある。健全な高校男子だから、先生に触れてみたいと思うこともいままで何度もあった。半面、そういう場面を想像してみるのは、じつは結構難しい。

なぜなら、現実ではありえない。先生が僕に特別な感情を抱《いだ》くことなんて夢のまた夢だから、妄想すらしづらいのだ。

だからこそ、せめて卒業までは先生の生徒でいたかったのに。

「……先生」

転校すると知ったら、先生はなんと言うだろうか。少しは驚いて、寂しいと思ってくれるだろうか。

僕にはやっぱり想像できなかった。

2

登校したその足で、先生に会うために職員室に向かう。ドアを開けると、真っ先に机に向かっている先生を見つけた。

「写してきたよ」

先生は僕を見て、片方の眉をひょいと上げた。

「朝の挨拶《あいさつ》は？」

「あ、忘れてた。おはよう、ございます」

「おはよう。里見は朝から元気がよくてなによりだな」

「先生、年寄りくさいよ。ぎり二十代っしょ」

あははと笑いながら、心中で否定する。本当は元気なんてないよ。昨日だって眠れなかったんだ、って。

先生の前では元気で能天気な生徒でいたいから、笑ってみせるんだよ。

「よし。見せてみろ」

「うん。五ページぶん、ちゃんと書いてきた」

先生はノートに目を落としてぱらぱらと捲ると、あっという間にミスを三カ所見つけ出した。そこを赤ペンで訂正してから、サインを入れてくれた。

「丁寧に書いてるな。合格だ」

「へへへ。やったね」

わざと課題を忘れて叱られただけの役得はある。先生に褒められると、それだけで頬が緩む。

「悪いが、里見。ついでに頼まれてくれ」

先生は、机の上のプリントを一部手に取った。昨日僕がコピーしたヤツだ。

「里見のクラスの実行委員に、渡しておいてくれないか」

「いいよ」

実行委員になっておけばよかったと、いまさら悔《く》やんでも遅い。実行委員どころか、あと少しでこの学校にもいないのだと思うと、喉のあたりに苦いものが込み上げてきた。

「どうかしたのか?」

「え? べつに。なんで?」

気を抜くとすぐに落ち込みそうになる。暗い気持ちを振り払い、受け取ったプリントに目を落とした。

「先生」

個人出展物。ひとり一点と書かれている。

「俺――個人で出すヤツ、写真にしようかな」

「写真?」

よほど意外だったのか、先生が確認するようにくり返す。じつは自分でも内心で驚いていた。いまのいままで写真なんて頭になかったから。

「そう、写真」

だが、咄嗟の思いつきにしてはいい案だ。あわよくば写真の上手《じょうず》な撮り方を先生に聞けるかもしれない。

「他に思いつかないし、写真だったら俺にもできそう」

楽そうだし、とつけ加える。

先生は手にしていたペンで机をこつんと叩いてから、

「おまえ、カメラ持ってるのか?」

そう聞いてきた。

「スマホにカメラついてるから」

いままで写真に興味がなかったので、デジカメすら持っていない。

僕の返答に先生は少しだけ考えるそぶりを見せて、そのあとこう言った。

「俺のを貸してやる」

「――先生、の?」

「使ってない一眼レフがある。少しはまともなものを撮ってみろ」

下心があるとはいえ、まさかこんな展開になるとは予想だにしていなかった。本当に、先生のカメラを使わせてくれるのだろうか。

「先生、カメラ持ってるんだ？」

「カメラも持たずに写真部の顧問は名乗れないだろう」

真顔で反論されて、それはそうだと納得する。

写真を撮ると言ったのは、もちろん先生が写真部の顧問だからという不純な動機だけれど、先生にカメラを貸してもらえるなんて思ってもいなかったのだ。

「使い方は——わからないだろうな」

「……うん」

素直に頷いた僕に、さらなる幸運が舞い込む。

「放課後写真部に来れば、最低限のことは教えてやる」

教えてもらえればラッキーくらいに考えていたことが、早くも現実になった。

「ほんとに？」

「嘘をついてどうする」

「……行く。絶対行くから」

じわじわと嬉しさが込み上げ、覚えず口許が綻《ほころ》ぶ。飛び上がりそうな僕の気持ちを知ってか知らずか――知っているはずがない――先生は苦笑を浮かべて壁《かべ》の時計を指差した。

「早く教室に戻れ」

「やば」

もうすぐ始業チャイムが鳴る。慌てて職員室を出ようとした僕を、先生が引き止めてきた。

「――なに？」

「なにじゃないだろう」

呆れ顔の先生がかざしたのは、僕のノートだ。

「あ、忘れてた」

カメラの件で舞い上がってしまい、うっかりしていた。

「少しは落ち着け。おまえはそそっかしすぎる」

「はぁい」

引き返してノートを受け取ったとき、ちょうど担任の飯田が鉢合《はちあ》わせて、わははと笑った。

「最近里見は、真壁先生に可愛がられてるなあ」

飯田に他意はないとわかっていても、茶化されると赤面しそうになる。可愛がられているように見えるのかなって、一ミリほどの期待が頭をもたげるのだ。

「いい機会だから、真壁先生にちょっと鍛えてもらったらどうだ？　里見」

「もう十分鍛えられてるし」

揶揄《やゆ》されてわざと鼻に皺を寄せた僕に、さらに面白がった飯田が頭を撫でてきた。

「やめてって、もう」

飯田の手から逃れて、それとなく先生を窺う。先生はそ知らぬ顔で、一時限目の準備だろう教科書や資料を揃《そろ》えていた。

「…………」

調子に乗りすぎ。カメラを貸してもらえることに浮かれてたって、やっぱり先生は先生だ。用がすめば素っ気ない。

「ほら、里見。教室に戻るぞ」

飯田に急《せ》かされ、僕は先生を気にしつつ渋々後ろをついていった。

今日は先生の授業がない日だ。

こういう日はいつも長く感じる。ちらりとも見かけないまま終わる日もあるが――今日は放課後にまた会えるのだと思うと、嬉しい半面、自重しなければという感情も働く。

うるさくして疎《うと》まれたくないのだ。

いや、もうどっちにしても同じだろう。疎まれたところで、僕にはもう時間がない。すぐに忘れられるより、うるさい生徒がいたなと先生の記憶に残るほうがよほどマシだ。一分でも一秒でも、許される限り近くにいたかった。

転校のことを考えると憂鬱《ゆううつ》になり、なおさら一日が長く感じられた。やっと六時限目が終わって帰り支度《じたく》をしていると、大島が寄ってきた。

「里見、今年はどうするよ」

どうするとはもちろん、個人の出展物のことだ。

「今年は片桐も加わるってさ。あーあー、マジ面倒くせえよなあ。やりたい奴だけやりゃいいのに。なあ、里見」

大島の愚痴《ぐち》に、ごめんと僕は返した。

「俺、今年はひとりで出すことにしたんだ」

「は？　なんで？　つーか、おまえいったいなにを出そうっての？」

大島が驚くのは無理もない。去年はふたりで文句を並べたし、僕に趣味や特技がないというのを知っているのだから。

「まだ内緒」

それだけ言って、鞄を手にして教室をあとにした。

行き先は写真部だ。

先生はもういるだろうか。今日は六時限目の授業は入っていない日なので、もしかしたらすでに写真部の部室にいるかもしれない。

渡り廊下《ろうか》を小走りで通り、突き当たりにある部室まで急いだ。

写真部を訪れるのは初めてだ。入部しようかどうか迷ったときに何度か渡り廊下まで足を運んだが、その先には行けずじまいだった。疾《やま》しい気持ちがあるせいで、急に入部するなんて変に思われたらどうしようと二の足を踏んだのだ。

部室の前に立つと、緊張する。

引き戸に手をかけたとき、窓ガラスの向こうに先生の姿が見えた。なにか書きものをしているのか、視線は机の上だ。

ペンでこめかみを掻く仕種が少し神経質そうに見えるのは、多分に普段からの仏頂面のせいもあるのだろう。

引き戸に手を置いたままじっと見つめていると、先生が顔を上げた。

窓ガラス越しに目が合う。

たったそれだけのことに胸をこぶしで叩かれたかのような錯覚に陥り、やっぱりこのひとが好きなんだなと再確認させられてしまう。

見ただけで、目が合っただけで全身の血が沸騰《ふっとう》しそうになる相手なんて、先生以外にはいない。

唇を引き結んだ僕は、勢いよく引き戸を開けた。

「先生。カメラ貸してもらいに来たよ～」

先生はプリントを裏返してペンを置き、椅子から腰を上げた。

「早かったな」

「そう？　あれ、他の部員さんたちはまだ？」

「運動部とちがって、うちは気が向いたときに顔を出す程度でいいからな」

「先生を始め？」

僕の軽口に、先生がひょいと肩をすくめる。

「ああ、俺を始め」

それから壁に並んでいるロッカーに歩み寄ると、中からカメラを取り出して戻ってきた。

「ほら。オートフォーカス一眼レフだから、おまえでもそれなりの写真が撮れるはずだ」

「わお。ニコンだ――あれ、レンズがついてない」

先生から受け取ったカメラは、想像していたよりずっと本格的で重量もある。手のひらサイズのものだとばかり思っていた。

「レンズはこれだ。自分で装着しろ。赤い印がついてるから簡単だろう。そこに合わせて反時計回りに回す」

「これか……ああ、レンズつけるといっそう重い。本格的って感じ」

鞄を床に置き、指示されたとおりにレンズを装着してからカメラを矯《た》めつ眇《すが》めつしてみる。

「スイッチ入れて」

その先も先生にレクチャーを受けながら、手順を教えてもらう。

「入れた」

「最小絞りにセット」

「最小、絞り？　どれ？　数字がいっぱいあるからわかんない」

「ここだ」

手許に影が落ちた。カメラから目を上げると、すぐそこに先生のネクタイがあって……さらに上に移動させていった僕は、わずか十数センチの距離で先生の口許を見て、思わず息を呑んだ。

「聞いてるのか、里見」

カメラを持つ僕の手に、先生の指が触れる。と同時に、額に先生の息がかかり、無意識のうちに肩が跳ねた。身体が硬直し、返事をするどころか、ぴくりとも動けなくなる。

「里見」

先生が指で僕の額を弾いた。

「あ……うん。聞いてる」

はっとし、なんとか答えたものの、一度意識し始めたらどうしようもない。早鐘《はやがね》のごとく打ち始めた鼓動のせいで、呼吸すらままならなくなる。

カメラを持つ手が汗で滑った。

先生はぜんぜん気づかず、今度は僕の背後に回る。

「次はカメラの構え方だ。右目でファインダーを覗いて、グリップ部を右手で握り、人差し

指はシャッター。左手のひらにカメラの重量を載せる感じで――ほら、左脇はもっと締める」

説明しながら僕の手やら肩やらに触ってくるから、手どころか足まで震えてきて、このましゃがみたくなる。

「被写体にフォーカスエリアを持っていって、シャッターボタンを半押し。合焦マークが点灯したら、身体《からだ》を軸《じく》にしてカメラを回転させて自分の好きなフレーミングを決める。そうじゃない、シャッターは半押しのままだ。ここでシャッターを完全に押し込めば」

シャッターボタンにかけた僕の人差し指の上に先生が指をのせ、力を加えた。

「これで撮影完了だ。わかったか」

「……っ」

頷くだけで精一杯だ。先生の声は聞こえているけど、耳を素通りしてまるで頭に入ってこない。うなじがやたら熱くなって、なんだかぼうっとしてきた。

怪訝《けげん》に思ったのだろう、先生が首を傾げた。

「里見」

その拍子に頬に息がかかる。直後、かくんと膝が折れた。

先生の手が僕の腰に回る。

「どうした」

先生に聞かれても、答えられない。ただ恥ずかしくて、早くこの場を逃げ出したかった。

「なんでも、ない」

必死で取り繕い、腰に回っている腕を離してほしくて身体を捩る。

けれど、言葉どおりには受け取れなかったのだろう、先生の腕はいっそうしっかりと僕の身体を支え、ほとんど抱きかかえられる格好になる。

「ほら、こっちに座れ」

そのまま、さっきまで先生が座っていた椅子に運ばれた。具合でも悪いのかと心配してくれているようだが、先生が傍にいる限り治らない病だ。

俯《うつむ》いて、顔の上げられない僕の頬を、少しだけひんやりした手が包み込む。

「里見」

もう一度、先生が呼んだときだった。廊下から賑《にぎ》やかな声が聞こえてきた。部員がやってきたようだ。

先生が僕から手を離し、背を向けたちょうどそのタイミングで大きな音をさせて引き戸が開く。誰が入ってきたのか、先生の背後にいる僕からは見えない。

「こんちは〜」

女子の声だ。

「先生、もう来てたんだ。早〜い」

心なしか声が弾んでいるように感じるのは、愚かな焼《や》き餅《もち》かもしれない。

「ああ。今日は六時限目が空きだったからな」

「あ、もしかして今日の小テストの採点とか？　私、何点だった？」

でも、彼女たちのおかげで落ち着いてきた。というより、先生の手が離れたから平気になったんだろうけど。

「――あれ、里見くんじゃん」

その頃になってようやく僕がいることに気づいた部員が、椅子に座った僕を覗き込んできた。同学年の女子だ。もうひとりは学年がちがうのか、知らない顔だった。

「そんなとこ座って、なにしてんの」

写真部でもない僕がいるのだから、不思議に思うのは当然だ。先生に会いたいから、なんてもし言っても誰も信じないだろう。先生本人ですら――。

「カメラ、借りにきたんだ」

椅子から立ち上がってそう返すと、僕は床の鞄を拾い上げる。

「先生、じゃ、借りてくね」

先生に手を上げて、たったいま彼女たちが入ってきた引き戸から外へと出た。写真部を出たあとは、どこにも寄らずに真っ直《ま す》ぐ帰宅した。

家に着いてすぐにシャツとジーンズに着替え、カメラを片手に外へ出る。母さんが行き先を聞いてきたが、

「外」

一言だけ答えた。

実際、どこへ向かうのかは決めていない。周囲を見回しながら歩いてみるだけでは被写体になりそうなものなんて見つかりそうになかった。とりあえず近くの神社に行くことにする。車両進入禁止のバリカーを跨《また》いで、石の階段を進む。夕刻になっても日差しは強く、風もないのですぐに汗が滲んでくる。

上空で旋回している烏《からす》の声を耳にしながら鳥居をくぐった僕は、市の保護指定だかなんだかになっているらしい、いまは青々とした葉だけの金木犀《きんもくせい》の前に立った。

すぐ傍を子どもがふたり走り抜けていく。咄嗟にカメラを構えて金木犀と子どもの背中を撮ってみたものの、お世辞にもいい出来とは言いがたい。

「えーと、左脇を締める、っと」

先生の指示を思い出し、実行する。

「シャッターを半押しにして」

参道の傍に咲いている赤い花に焦点を定めた。

「フレーミングを決めて――押す」

ぼうっとしていたとはいえ、ちゃんと憶えていたことを自画自賛しつつシャッターを押した。僕が先生の声を聞き逃すはずがなかった。

花からレンズを上げてファインダー越しに周囲を目にすると、見慣れた景色もどこかちがって見える。

不思議な感覚だ。

続けて何枚か撮ってから、カメラを首からぶら下げてまた歩き出した。

「結構、大変かも」

楽だなんて先生に言ったが、とんでもなかった。結構気を遣《つか》うし、ちょっとでもいい作品をと欲も出る。

両手を上げて伸びをした。そのとき、パシャと小さな音が耳に届く。反射的に音がしたほうへ首を巡らせると、見知らぬ男が笑顔で鳥居をくぐり、こちらに歩み寄ってきた。

「ごめん。ついシャッターを押してしまった」

男の手には僕と同じようにカメラがある。どうやらお仲間らしい。

「高校生？　このあたりなら、西高の生徒か」

男は、にこにこと人懐《ひとなつ》っこい笑《え》みを見せて話しかけてくる。男のカメラが同じニコンだと確認して、僕は頷いた。

「何年生？」

「二年生です」

歳は、二十代半ばくらいか。先生と比べると、少し若い印象だ。

といっても、僕の分析なんてあてにならない。若く見えるのは長めの髪とか、柄物のシャツのせいかもしれない。二十代の男が全員先生みたいだとは思ってないが、同じくらいの年齢のひとを見ると、どうしても先生と比較してしまう。

「あ、いきなりだったね。ごめんごめん。僕は川森信士《かわもりしんじ》と言います」

川森と名乗った男が、右手を出してきた。

「里見、和秀です」

慌てて握手《あくしゅ》をした僕に、川森さんは当然の質問をしてきた。

「写真部?」

いいえ、と首を横に振る。

「文化祭が近いんで、写真を出そうかと思って。でも、一眼レフを手にしたのも今日が初めてなんです」

「へえ。それにしてはいいカメラだね」

僕の首にあるカメラを見て、川森さんがそう言った。

「これは、写真部の先生に借りたんです」

自分が褒められたわけでもないのに、いいカメラだと言われたことがなんだか嬉しかった。

「そうなんだ。優しくていい先生なんだね」

「え……あ、まあ」

一瞬、返答を迷う。どうだろうか。先生は優しいだろうか。優しい教師なら他にいるような気がする。普段の先生は、どちらかといえば素っ気ない。

でも、真面目でいい先生なのは間違いない。そうでなければ、あれだけ厳しい課題を出しているのだから、いま頃生徒に疎まれているはずだ。

「ところで里見くん。喉が渇《かわ》かないか？」

「……喉……ですか？」

いきなりの問いかけに戸惑い、川森さんを見る。川森さんは相変わらずにこにこしながら、

「うん。そう」と頷いた。

「そう言われると、ちょっと渇きましたけど」

「よかった。じゃあ、行こう」

「え」

なにが「じゃあ」なのか。面食らってしまい、先に歩き出した川森さんのあとを追いかけられずにいると、おいでよと手招きされた。

「ここから十五分くらい歩いたところにあるんだけど、知ってるかな、『来夢《らいむ》』って店」

「……あ」

近所では人気のカフェで、僕も何度か前を通り過ぎたことがある。確か昼間は普通のカフェで、夜になるとアルコールも出す店だと聞いている。

「そこのマスターなんです」

自身を指差した川森さんに、なるほどと納得した。風貌《ふうぼう》も雰囲気も、サラリーマンには見えない。

「勝手に写真撮っちゃったお詫《わ》びに、コーヒー奢《おご》らせて」

川森さんは笑顔でそう続けたが、僕が驚いたのはもちろん別のことだった。

「俺を、撮ったんですか」

なんでと疑心が顔に出たのだろう、川森さんが「ごめん」と謝り、頭を掻いた。

「健康的な美少年の誘惑に勝てなくて」

本来なら、不審者と警戒するところだ。が、川森さんの笑い方が人懐っこくて、自然なせいでそんな気にならない。

「なんですか。その美少年ってのは」

ぷっと吹き出した僕を、川森さんが覗き込んできた。

「もちろんきみに決まってるだろ。学校で言われない？」

「言われないです」

即答する。事実、美少年なんて寒い単語は初めて聞くし、自慢じゃないけどこれまでの人生でモテたことは一度もなかった。僕より整った奴や格好いい奴はごまんといる。

「嘘だろ。きみの周りの人間の目は揃って節穴だな」

真顔でそんなことを言われても、苦笑する以外どうすればいいのか。きっと川森さんのセンスがおかしいのだ。

「いつもこのへんで写真撮ってるんですか」

歩きながらの質問に、彼が頷いた。

「趣味なんだ。学生時代は映画にも凝《こ》ってて、だから店の名前が『来夢』なんだけど。『ライムライト』って知らない？　チャップリンの」

「ごめんなさい。知りません」

正直に答えると、川森さんの肩ががくりと落ちた。

「ジェネレーションギャップを感じるなあ」

「ギャップって、幾つなんですか？」

大通りに出てからは、行き交う車を横目に歩道を進んでいく。『来夢』まではあと五分ほどだろう。

「幾つに見える？」

「二十四くらい、かな」

先生を基準にして予想すると、驚いたことに二十九歳だと返ってきて、先生と同じ歳だと判明した。

「なに？　そんなに若く見える？」

川森さんが目を輝かせる。若いと言われて機嫌がよくなるのは、周囲のおばさんたちばかりじゃなかったらしい。

「はい」

「いまの返事から推測するに、誰かと比べてるな。微妙な気持ちになってきたな。若いと言われて喜ぶべきか悲しむべきか」

考え込むそぶりを見せる川森さんを、僕はまた先生と比べる。服装、横顔、喋《しゃべ》るときの唇の動き、歩き方。身長は、先生のほうが少し高い。同じ歳だという川森さんに少なからず興味が湧《わ》いた。

グレーの外壁が見えてきた。『来夢』は三階建てのビルの一階にあり、外から眺める感じだと全体的に落ち着いた雰囲気だ。

ドアに『準備中』のプレートがかかっているのは、ちょうど昼から夜への休憩時間だからだろう。

「さあどうぞ。入って入って」

川森さんがドアを開けると、最近ではあまり見かけないドアベルの乾いた音がして、僕は店内をぐるりと見渡した。

「お邪魔《じゃま》します」

灯《あか》りがついた途端、まず壁のパネルが視界に入る。写真だ。疑っていたわけではないが、写真が趣味というのは本当だった。
六、七……全部で八枚飾ってある。風景とか、花とか、ベンチに座っている老人とか、被写体は様々だ。人柄が出るのか、どの写真もとてもあたたかい雰囲気を醸《かも》し出している。
「これ、全部川森さんが？」

「そうだけど？」

川森さんはカウンターの内に入り、飲み物の準備を始めた。

「アイスコーヒーでいい？」

すみませんと返事をする間も、一枚ずつじっくり見ていった。

どれもこれも優しい写真だ。もし僕にこんな写真が撮れたら、先生は褒めてくれるだろう。

ひと通り写真を見終えて、カウンター席に落ち着いた。川森さんも隣のスツールに腰を下ろすと、早速水を向けてきた。

「で、なにを撮るつもりなの？」

「あー……じつはそのへんはまだ」

なにを撮ればいいのかすらわからない状態だ。

「人物か風景かも決めてない？」

アイスコーヒーを一口飲み、ストローで氷を掻き混ぜつつ答える。

「とりあえず人物はやめとこうかと」

モデルなんて探せないし、去年のことがある。去年、どういう経緯で先生が足達を撮ることになったのか知らないが、周囲の噂の的になった。

「そっか……でもせっかく出展するなら、みんなが感動してくれるのがいいよね」

「まあ、それはそうですけど」

先生が少しはまともなものを撮ってみろと言ったから、もちろん少しでもいいものを撮りたいと思っている。

でも、僕にまともなものが撮れるかどうか、まったく自信がなかった。

「そうだなあ……あ、じゃあさ、結構いい方法があるんだけど、どう？　やってみない？」

だから、川森さんのこの一言にはすぐに食いついた。川森さんからひと通り説明を受けたが、途中からはすっかりその気になっていた。

川森さんが言ったのは多重露光《たじゅうろこう》というもので、複数ショット撮影して、あとから合成するというものらしい。昔はそれなりに技術を要したが、デジカメだと素人《しろうと》でも案外うまくできるという。

たとえば夕方の風景を撮っておいて夜になってから同じコマに月を撮影したり、一回目はインフォーカスで花を撮り、二回目をアウトフォーカスで撮ると花の周囲にボカシの入った幻想的な写真に仕上がる、というものだ。

「文化祭までそんなにないけど、俺にもできるでしょうか」

「できるできる」

川森さんはにこにこと笑う。同じ歳でも先生はずっと大人なイメージなのに、川森さんには親近感を覚える。笑顔と気さくな話し方のせいだろう。

「じゃあ、俺――」

もう少し詳しく教えてもらおうとしたが、ドアベルの音に阻《はば》まれた。

「ちわ」

入ってきたのは、ふたりの男だ。ひとりは短髪にTシャツ、もうひとりは目鼻立ちのはっきりしたモデルみたいなひとだった。

時計を見ると、もうとっくに十八時を過ぎている。

客が来たということは、夜の営業時間なのだろう、僕は慌てて立ち上がった。

「気を遣わなくていいから、座って。うちは七時からだから」

それならなぜ？　と問うまでもなく、答えが返る。

「こいつらは時間に関係なくやってくるんだよ」

どうやらふたりは川森さんの友人のようだ。短髪の男がにっと唇の端《はし》を引き上げる。

「川森。若い子連れ込んでなにしてたんだよ」

川森さんはその男のことを「富江《とみえ》」と呼んだ。

「誤解を受けるような言い方はやめろ」

「とか言って、川森好みの可愛い子だし？」

にやにやしながら川森さんの腕を肘《ひじ》で突いたのは、モデルみたいな男だ。

「だから！　平野《ひらの》もそういうこと言うなって。里見くんがびっくりするだろ」

川森さんが取り繕う中、大人三人に囲まれて、僕は反応に困ってしまった。挨拶するタイミングを逸《いっ》して黙っていると、富江さんが深刻な顔で僕を見てきた。

「気をつけなさいね、きみ。優しいお兄さんって思って油断してると大変な目に遭うからね」

「――大変な目？」

どういう意味だろう。首を傾げた僕に、なにがおかしいのか平野さんが吹き出した。

「そうそう。骨までしゃぶられるんだよ」

どうやらふたりは面白がっているらしい、とさすがに僕でもわかる。それだけ親しいようだが、川森さんは、やってられないとばかりに首を左右に振った。

「いいかげんにしろって。出入り禁止にするぞ」

カウンターに置いたカメラを取った僕は、早々に退散することに決める。川森さんはさておき、あとから来た友人たちはちょっと苦手なタイプかもしれない。

「あの、帰ります。コーヒーごちそうさまでした」

ぺこりと頭を下げると、川森さんは愉《たの》しげなふたりに向かって半ば呆れたような視線を送った。

ドアを開けようとしたとき、名前を呼ばれる。振り向いた僕の目に、川森さんの人懐っこい笑顔が映った。

「またおいで。写真、一緒に撮ろうよ」

やわらかな表情。あたたかい言葉。初めて会ったのに、初めてのような気がしない。僕はもう一度頭を下げて、『来夢』をあとにしたのだ。


「真壁先生～」

放課後、渡り廊下で待ち伏せして、先生の姿を見つけるや否や声をかけた。僕を見た先生は少しだけ面食らった表情をしてから、いつもの冷静な教師の顔に戻る。

「昨日、家に帰ってから何枚か写真撮ってみた。まだはっきりとは決めてないけど、花とか、風景とか、そんなのにするつもり」

先生は軽く頷いてから、僕の頭をひとつ小突《こづ》いた。

「夢中になるのはいいことだが、課題はやってこいよ。プリントを出していたはずだが、確か里見のクラスは明日だっただろう」

「……そう、明日」

先生、明日僕のクラスの授業があること憶えてるんだね。先生なんだから当たり前なのかもしれないけど、そんなことが嬉しい。

また忘れていって罰をもらおうかと企《たくら》んでいたが、とりあえず明日はちゃんとやっていこうと決める。

「忘れずやるよ」

僕がそう言うと、また先生の手が頭にのった。今度は小突くのではなく髪を掻き混ぜて、すぐに離れていった。

「期待してるぞ」

それだけのことにどきどきする。先生にとっては単なるスキンシップで深い意味なんてないとわかっていても、どうしようもなく浮かれてしまう。

「あのさ」

調子に乗って、先生を引き止めた。

「写真部、今日も行っていい？　みんなの話とか聞いてみたいし」

苦しい言い訳だ。実際、部員と僕では立場がちがう。

「べつに断らなくても、いつでも来ればいい」

だが、先生が承知してくれて先に歩き始めたので、僕は急いで背中を追いかけ、隣に並んだ。

「それでさ、昨日神社で撮ってたら、面白いひとに出会ったんだ」

返答どころか、ちょっとした相槌《あいづち》すら返らない。いつもそうだし、先生が聞いてくれるだけでいいから部室まで歩く間に昨日会った川森さんのことを話した。多重露光を教わった件についてはもちろん内緒だ。写真を見たときに「よくやったな」って褒めてもらいたかった。

部室に着くと、先生の後ろから室内に入る。今日も早いのか、まだ誰も来てない。ふたりきりだ。

先生は昨日と同じ場所に座って、鞄の中からプリントを出した。各クラスの出し物が書かれたプリントだ。

「先生。今年は責任者なんだね」

僕も近くのパイプ椅子に腰かけ、背凭れをぎしぎし揺らしながら話しかける。

「こういう面倒なことは決まって気楽な独身の仕事と決まっている」

だが、思いもよらなかった「独身」という言葉に、ぎゅっと胸を鷲摑《わしづか》みにされたような感覚に囚《とら》われた。

「……先生、結婚しないんだ」

さり気なく問えただろうか。声が掠れたような気がする。

先生はプリントに目を落としたまま、捲る手も止めなかった。

「少なくとも近々の予定の中にはない」

いつも同様口調は素っ気なく、表情にも変化はない。

「ふうん……そうなんだ」

その様子にほっとする。告白するつもりはないのだから、先生が結婚しようとすまいと僕には関係ないけれど、やっぱり祝福する気になれそうにはなかった。

「近々はなくても、その先はするんだ?」

口にしたあとで後悔する。こんな――当たり前の質問をするなんて、どうかしている。先生は二十九歳だ。いつ結婚してもおかしくない。体育の篠原《しのはら》なんて、二十六歳でもう子どもまでいるのだ。

「さあ、先のことはわからないな」

今度も先生の答えは簡潔だった。

「……そりゃそうだね」

不思議なもので、僕と抱き合う先生は夢でも見られないのに、顔も知らない女性を抱き寄せる先生ならば容易に思い描けてしまう。先生が好きになる相手は、きっと綺麗で優しいひとに決まっている。

「あ……暑いね」

息苦しさを感じて、僕はパイプ椅子から立ち上がって、ベランダに出た。

日差しはまだ強いものの、頬に触れる風が心地いい。運動部員はもうグラウンドを走っているようで、風にのって聞こえてくる声をバックに、帰宅部が下校している様を見下ろす。

「落ちるなよ」

先生の忠告に僕は身体ごと振り返り、手摺《てす》りに背中を預けた。

「落ちないよ。そんなに鈍くない」

「どうだか。おまえはそそっかしいからな」

「ひどいな～」

開け放った引き戸から室内に滑り込んだ風が、先生の髪を揺らしている。そういえば先生は何度か僕の髪に触ったのに、僕はまだ先生に一度も触れたことがなかった。

だから先生の髪や指の感触を知らない。想像するのも難しい。

「そんなに乗り出すな。落っこちても知らないぞ」

頭の横に目がついているのだろうか。プリントを見ているくせに、そう注意される。

「先生は俺が落ちたら困る?」

くだらないと承知で問うと、先生らしい答えが返ってきた。

「誰が落ちても困るに決まってるだろう」

「それはそうだ」

笑ってみせたが、心中はけっして穏やかではない。冗談でもいいから「俺」限定の返事に

してほしかったと思う。けれど、先生は冗談が嫌いだから冗談なんて言わない。

「俺が転校しても、先生、きっといつもと同じなんだろうなあ」

独り言のつもりだったのに、風にのって声が届いたようで先生が顔を上げた。

「転校するのか」

「え」

するんです。もうすぐ。

先生と離れてしまうのがつらくてたまらないから、あまり考えないようにしているけど。

「やだな。たとえばの話だって。もし、俺が転校したらっていう仮定の話」

はぐらかすのもそのせいだ。自分でも考えたくないようなことを、まだ先生に言いたくない。

だって僕は「元気でそそっかしい里見」だ。真剣に悩んで落ち込むなんて、キャラには合わない。

呆れたのか、それとも初めからたいして興味がなかったのか、先生はすぐにまたプリントに目を落とした。

そろそろ部員がやってくる頃だ。

僕は室内に戻り、床に置いていた鞄を拾い上げた。

「帰るのか」

「帰って写真撮ることにした」

部室を出る間際に、

「写真、見せにきてもいい？」

思い切って切り出すと、先生は片笑んだ。

「俺のカメラを使っているってことを忘れるなよ」

「任せといて」

僕は自分の胸を叩いて、それから、先生にさよならと小さく手を振った。

「気をつけて帰れ」

「うん」

部室をあとにして、廊下を歩いていると写真部の女子数人と鉢合わせる。先生に駄目だしされたという話が耳に入り、思わず口を挟んでしまった。

「やっぱり厳しいんだ？」

僕の問いに、ひとりの女子が大きく頷く。

「適当な写真撮ってくると、一蹴《いっしゅう》されるから。去年なんて、文化祭用の写真、三回撮り直したし」

隣の女子が賛同した。

「そうそう。門前払い。あ、でも、三度目の正直で一番いい場所に展示してもらったよね」

「まあね」

満更《まんざら》でもなさそうな表情になる彼女を前にして、先生らしいなと思う。先生は容赦ないけど、努力は認めてくれる。課題を忘れるような僕でも、過酷な罰をこなせばちゃんと受け止めてくれるのだ。

頑張ってちょっとでもいい写真を撮ろう。彼女たちと別れて帰路についた僕は、家に着くが早いか着替えをすませ、カメラを手にして飛び出した。

今日は自転車でまっすぐ『来夢』へ向かう。

ドアには『準備中』の札がかかっていたが、川森さんは店内にいた。

「いらっしゃい。待ってたよ」

人懐っこい笑みに迎えられ、カウンター席に腰かける。まもなくアイスコーヒーが前に置かれた。

「あ、すみません。今日はお金、ちゃんと払います」

ポケットから財布を取り出した僕に、川森さんは笑みを深くした。

「そんなこと気にしない」

「でも、来にくくなるから」

奢ってもらおうとしているようで気が引ける。そういう意味だったのに、川森さんがいっそう楽しげに頬を緩めた。

「里見くんっていいなあ。まっとうな高校生って感じがする」

「まっとうな？」

首を傾げた僕に、川森さんの言葉が続く。

「うちの店に来る高校生ってさ、みんな癖があって、とても十七や十八には見えないんだ。その点、きみはちゃんと段階を踏んでる気がする」

ようするに同じ年代の人たちに比べて子どもっぽいと言いたいのか。

「それって、俺が平凡で、ガキくさいってことですか」

常日頃から先生と自分の差で落ち込むことの多い僕にとっては、耳の痛い話だ。

「ぜんぜん。その逆。すごく新鮮でいいって意味」

いくらフォローされても、慰《なぐさ》められているとしか思えない。

それが顔に出てしまったのだろうか、僕の頭に川森さんの手が伸びた。先生と同じように髪を掻き混ぜてくるが、感触はまったくちがう。

「川森さん、俺って、猫っ毛ですかね」

先生がそう言っていた。

「確かに。里見くんの髪、やわらかくてあまりコシがないから、言われてみれば猫っ毛だ——なに？　誰かに言われたの？」

「学校の先生に」

とても好きな、先生に。

「へえ。ああ、もしかして、カメラを貸してくれた先生だったりする？」

川森さんの手が離れたあと、自分で自分の髪を触ってみる。なかなかスタイルが決まらないのは、そうか、コシがないせいなのか。

「どうしてわかったんですか？」

単純な疑問として聞いてみたが、川森さんは「ただの勘」と笑うだけだ。

「それ飲んだらさっそく出ようか。ぐずぐずしてると昨日の奴らが邪魔しにくるかもしれないし。今日はとっておきのスポットに連れていってあげよう」

「あ、はい」

急いでアイスコーヒーを飲み干した僕は、エプロンを外した川森さんと一緒に店を出て、裏の駐車場《ちゅうしゃじょう》へと回った。そこに停まっているのは、青いチェロキーだ。

川森さんが運転席に、僕が助手席に乗り込むとすぐにチェロキーは走り出した。

川森さんが向かっているのは、学校方面だ。まだ部活が終わる時間には早いので、下校する生徒は少ない。

そのまましばらく走って、学校を通り過ぎてから右に曲がった。目的地はどうやら学校の裏山のようだ。

「登ってみたことは？」

車は狭い山道を走る。

「ないです」

「ああそう。それはよかった」

瞳《ひとみ》を輝かせるところをみると、よほどいいスポットなのだろう。山頂には十分ほどで到着した。

車を降りたときには、陽が傾きかけていた。

「こっち」

手招きされて、隣に立つ。

「なかなかだろ？」

まるで絵葉書みたいに綺麗な夕景が広がっていた。

「はい。なかなかです」

まだ街灯がつくほどの時刻ではない。下界の景色《けしき》はぼんやりと薄闇《うすやみ》にまぎれ、そのずっと先に見えるのは、港だ。海は空を映し、薄紫をほんのり赤く染めたような色になっている。

「昨日言った多重露光、憶えてる？」

「あ、はい」

「それをここでやってしまおう。まず夕方の景色をあらかじめ撮って、夜になってから月を重ねる。たとえば景色は広角レンズで、月を望遠レンズで撮ったりしたら、かなりインパクトのある写真になるよ？」

説明を受けただけで、わくわくしてきた。川森さんのおかげでいい写真が撮れそうだ。

早速カメラを構えると、いつの間にか夢中になっていた。しんと静まった空間に響くシャッター音が心地いい。その間、僕は川森さんの存在を忘れていた。

我に返ったときには肩と腕の筋肉に痛みを感じるほどだった。

川森さんを捜して周囲に目をやると、カメラがこちらに向けられていた。

「なにを撮ってるんですか」

またかと思いつつ問うた僕に、

「あやうい年頃の、あやうい色気を」

変な答えが返る。

「ぜんぜんあやうくないです」

もちろん色気も。色気があるなら、とっくに使っている。

「いやいや」

カメラを下ろして、川森さんは真顔で訂正した。

「もう少年ではなく、かと言ってまだ大人にもなり切れない。きみたちはちょうど過渡期にいて、常に不安定だ。その不安定さがあやうさになり、この年齢独特の色気を醸し出すんだ」

わかる？　と聞かれてもわかるわけがない。

「とにかく、いい被写体だってことです」

微妙な顔をしたのがわかったのだろう、その一言で結論を出すと、車の方角を指差した。

「さて、そろそろ切り上げようか。お腹すかない？　よかったらなにか作るから、食べていってよ」

いままで空腹は感じていなかったのに、途端にぐうとお腹が鳴った。それもそのはず、スマホで確認するととっくに十九時を過ぎていた。

「あっ、川森さん！　開店時間！」

『来夢』の開店時刻は十九時と聞いている。慌てる僕をよそに、川森さん自身はまったく焦った様子はない。

「平気。もともと夜のほうは時間ぴったりに開けることのほうが少ないんだ。僕の開けたい時間に開ける。みんなわかってるから、大丈夫だよ」

なんて言ったけど……本当にそれで平気なのかとこっちが心配になる。あまり商売っ気がなさそうなあたりが、川森さんらしいといえばらしいのだけれど。

その後『来夢』に戻って、川森さんが作ってくれたカルボナーラを一緒に食べた。

写真が趣味で、料理のできる川森さんは、ちょっと変なことを言うときがあるけどやっぱり格好いい大人だ。僕が大人になったときに、先生や川森さんみたいになれるだろうかと考えてみるけど、あまり自信はなかった。

ほとんど食べ終えた頃、ドアベルが鳴った。

「やっと開いた」

「相変わらず適当なんだから」

さっき川森さんが言ったことは本当だったらしく、客は不満を口にしながら店内に入ってくる。

「とりあえずビール。つまみは適当でいいわ」

テーブル席に座った年配の客が、僕に声をかけてきた。

「見ない顔だね。近所の子？」

「あ、はい。そうです。川森さんとは……昨日知り合ったばかりですが」

スツールから立ち上がってそう答えると、他の客たちが一斉に川森さんを責め始めた。

「おまえ、高校生ナンパしてんじゃねえよ」

とか、

「うわ、こんな若い子引っかけたんだ」

とか。

あげく僕にも、

「川森には気をつけろ」

なんてアドバイスをしてくる。

いったい川森さんはみんなの中でどんなキャラになっているのか。作り笑いで対応していると、昨日顔を合わせた平野さんと富江さんもやってくる。ここにいるひとたちはきっと常連なのだろう、ふたりが入ってくるとまた、川森が高校生をナンパしたと騒ぎ出したのだ。

富江さんに至っては僕の隣に座ったかと思うと、真剣な面持ちで顔を覗き込んできた。

「川森に写真以外の手解《てほど》きされてない？」

「……写真以外の、ですか？」

どういう意味だ？　目を泳がせた僕に、富江さんはいたって真面目に先を続けた。

「そう。写真以外の！　たとえば下半し――」

が、そこで言葉が途切れる。川森さんが手にしていたおたまで富江さんの頭を殴《なぐ》ったからだ。

ごつっと鈍い音がして、富江さんが頭を両手で押さえた。

「痛……たっ」

涙目になる富江さんに、川森さんはふんと鼻を鳴らす。

「おまえが殴られるようなことを言うからだ。自業自得《じごうじとく》」

「なんだよ！　俺は純粋に里見くんに忠告をしてあげようと思っただけなのに」

「うるせえ。それがよけいだっていうんだ」

ふたりのやり取りを前にして――富江さんには悪いが、笑ってしまいそうだった。面白い。

みんな面白いひとたちばかりだ。川森さんが僕を「新鮮だ」と言ったのも頷ける。

最初こそ周囲のノリに気後れしたものの、おかげで思いのほか愉しい時間を過ごし、長居をしてしまった。

『来夢』を出たときには、夜中の十時になっていた。

『来夢』から自宅までは自転車で十五分くらいかかる。

大通りの赤信号で停まったとき、ふいに路肩に停まった車のウインドーが下りた。

「おまえ、こんな時間になにふらふらしてるんだ」

まさかいまこんなところで会えるとは思ってなかったから、すぐに返事はできなかった。

驚いた、なんてものじゃない。こんな偶然があるだろうか。

「……先生こそ」

やっとそう返してから、自転車をその場に置いて僕は車に駆け寄った。

「いま学校の帰りなんだ？　大変だね。もう十時過ぎてるのに」

「おまえは――」

先生は眉を寄せ、僕の胸元に目を向ける。

「まさかいままで撮っていたわけじゃないんだろう？」

僕も首からぶら下げているデジカメを見た。

「あ、ほら、今日話したカフェ」

「いままでそこにいたのか」

先生の眉間の皺が深くなった。

「あ……うん。いいスポット教えてもらって、連れてってもらったんだけど、そのあと夕飯ごちそうになって、ちょっと話をしてたら……」

経緯を説明していた僕は、途中で口を閉じる。なぜなら先生の機嫌があまりよくなさそうに見えるからだ。先生はいつもぶっきらぼうだけど、不機嫌だと感じることはあまりない。

「あの、俺、帰るね。遅くなっちゃったし」

ちらりと背後の自転車を見た僕に、

「ああ。気をつけろよ」

先生はその一言でウインドーを閉めた。そして、僕に「さよなら」を言う隙《すき》も与えず、すぐに車を発進させた。

ライトが小さくなっていく。あっという間に見えなくなり、ひとり残された僕は落ち込まずにはいられなかった。なにかが先生を不機嫌にさせたのは確かなのに、その理由がわからないのだ。

おまけに家に着いた途端、母さんが転校の件を持ち出してきた。

「和くん。今日、担任の先生に転校のことをお伝えしたから」

踏《ふ》んだり蹴《け》ったりというのはまさにこのことだ。どうせ転校するしと、なげやりな気持ちにもなる。

母さんに返事をせずに階段を駆け上がり、自室のベッドに倒れ込んだ。いったい自分はなにをやっているんだろう。なにがしたかったのか、自分でもあやふやになってくる。

勝手に思い出作りをしようと頑張って、一喜一憂《いっきいちゆう》して、本当にばかみたいだ。

「……先生」

なんでこんなに好きになってしまったのか。きっかけはどうあれ、ここまで好きになってしまうなんて計算外だった。

ちょっとでよかったのだ。

ちょっとだけ振り向いてほしかった。里見と、僕の名前を他の生徒よりも一回でいいから多く呼んでくれれば、それでよかった。先生が僕を見る回数が一度でも増えればいいなと思っていた。

それなのに。

僕はどんどん欲張りになっていく。離れたくない。本当は思い出なんかいらない。ずっと先生の傍にいて、先生が僕だけを特別扱いしてくれたら——なんて頭の隅では思っている。

髪や頬に触ってくれるなら、髪じゃないところにも触って。先生の手で、里見って呼びながら、いろんなところに触って。

想像できないぶん欲望ばかりが募っていき、無意識のうちに指で唇を辿《たど》っていたことに気づいて、よけいに落ち込む。
「どうかしてる」
あまりに情けなくて、嗤《わら》うしかない。
課題をやらなければ。
今日はきちんとやってくると先生に言った以上、せめてその約束を守らなければ——。
先生の生徒でいられるうちは少なくとも忘れられることはないのだから。

3

「里見」

先生が僕を指名した。

六時限目。古文の時間だ。課題の答え合わせをするために、ひとりずつ当てられていって——僕は五人目だ。

「おはします……です」

僕が答えると、先生は一度頷いた。どうやら正解だったようで、胸を撫で下ろす。

「よし。座っていいぞ。『いますがり』も『おはします』も『あり』の尊敬語動詞だ。『いますかり』『いまそかり』も同じ。よく憶えておくように」

おお、と教室がどよめく。僕が課題をやってきて、なおかつ正解したのがそんなにめずらしいのかと、自分でもちょっと驚く。

椅子に座ると後ろの席の大島が、どうしたんだよと小声で聞いてきた。

「どうもしない。たまには真面目にやってこようかと思っただけ」

先生が課題にプリントを出したからには、今日で伊勢物語も終わりのはずだ。次に進んで——僕はたぶん、次のプリントをやれることはないのだろう。

考えないようにしているのに、そう思ったら暗い気持ちになる。

二週間後、父親ひとりが先に移り住んで、夏休みに入ったらすぐに正式な引っ越しになると聞かされている。次の土曜日には僕の編入試験。

この場にいられるのも一学期の間だけ、あとわずかだ。あとわずかで僕は転校して、先生と離れて、あっという間に忘れられて――。

「次の時間までによく読んでくるように」

先生が課題を出すとほぼ同時に、終了時間を告げるチャイムが鳴った。生徒たちが席を立ち、挨拶をして今日の授業が終わる。

「里見、ちょっと来い」

顔を上げると、先生が教室の入り口のところで待っていて、すっかり気が滅入《めい》っていた僕は唇を引き結んで先生の傍まで歩み寄った。

「どうかしたのか」

廊下へ一緒に出る。

「どうかって？　べつにどうもしないよ」

って答える以外、なにができるだろう。

転校なんてしたくない。先生と離れたくないんだよ。そう言ってもなにも変わらない。つくづく、自分の無力さを痛感する。

もし高校生じゃなかったら、自立していたら、自分で残るという選択もできたのに——と非現実なことまで考えてしまう。

「ならいいが。元気がないように見えたから」

なんでわかるんだよ。そんなふうに言われたら、僕のこと見ててくれたのかって期待するじゃないか。

「元気だよ」

きりきりと痛み始めた胸を、僕はさりげなく右手で押さえる。

「昨日あれから、なにかあったのか?」

先生がなんの話をしているのか、ぴんとこないまま小さくかぶりを振った。

「べつになにもない」

ないけど、ちょっとつらくなっただけだ。

「里見」

先生が、なにか言いたげに口を開いた。

直後、真壁先生、と教室の後ろから声がかかる。教科書を手にした女子がふたり、先生を待っている。先生は一度女子へと目を向け、僕に戻してから肩のあたりをぽんと軽く叩いて、女子のほうへと向かった。

今日はおかしいよ、先生。なんだか声が優しかった。それとも、おかしいのは僕の耳で、先生はいつもと同じなのだろうか。

帰り支度をして、教室を出たその足で学校を出た僕は胸の痛みを抱えたまま帰宅すると、今日も自転車で『来夢』を目指した。ドアベルを鳴らして中に入った僕を、いらっしゃいと明るい声が迎えてくれる。

あとは夜に月の写真を撮ればいいだけだから、ここに来る必要はないのだが、つい足が向くのは気をまぎらわしたいせいだろう。

「おや。なんだか元気がないね。さては学校で叱られた？」

すかさず川森さんに指摘され、自分では取り繕っているつもりだった僕は苦笑するしかなかった。

「叱られてないです。ただ……」

アイスコーヒーの氷をストローで突く。僕の隣に座った川森さんは、煙草《たばこ》に火をつけてから頬杖《ほおづえ》をついた。

「ただ、なに？　話してごらんよ」

躊躇っていたが、川森さんに促されて重い口を開いた。まだ出会ってそれほどたっていないのに、聞き上手なせいか川森さんにはごまかし切れない。

「元気がないって、先生にも言われた。そうでもないんだけど、俺が単純なのか、先生や川森さんが大人なのかなって考えてたら、なんだか自分がガキくさく思えてきて」

天井に立ち昇る煙草の煙《けむり》を目で追いかけながら打ち明けた僕に、川森さんは、ふっと目を細めた。

「そっか。里見くんのことをよく見ててくれるいい先生なんだね」

「………」

いい先生なのかどうかはあまり関係ない。ただ先生が好きなだけだ。

「先生はきっと……離れたら生徒のことなんてすぐに忘れてしまいますよね」

しかも担任でもなければ、部活の顧問でもない。週にほんの三時限教えるだけの生徒だ。

「それはどうだろう。僕は教師じゃないからよくわからないけど、いままでいろんなひとに出会ってきて、短いつき合いだったのにいまでも忘れてないひとはいるよ？　たまに思い出して、切ない気持ちになることもある」

「それは――そのひとがよほど印象的だったんでしょう」

川森さんは丸い煙を吐き出して、肩をすくめた。

「そうだね。みんなにとってどうなのかは知らないけど、少なくとも僕にとっては忘れがたいくらい印象的なひとだな」

普段から穏やかな声は、さらに優しげになる。

「里見くんは、その先生がとても好きなんだね」

「なに……」

なに言ってるんですか。そんなわけない、そう否定したかったのに声が喉で引っかかる。唇に歯を立てると、瞼《まぶた》の奥が痛くなってきた。喉元に熱い塊《かたまり》がせり上がってきて、飲み下すのに骨が折れる。

黙っていたら、川森さんに変に思われるのに。無理やり口を開いたとき、視界がじわりと潤《うる》んだのがわかって慌てて手で擦《こす》った。

「あれ……なにやってんだ、俺」

笑いながら何度も目を擦る。おしぼりを手渡されて、強い力で顔を拭《ふ》いた。

「ばっかみたい」

いままで一度だって、人前でぼろを出したことなんてなかったはずだ。転校しなければならないことで、きっと情緒不安定になっているのだろう。

「……すみません」

謝ると、川森さんは静かにかぶりを振った。僕はおしぼりをカウンターに置いて、ふたたびストローの先を弄《いじ》り始めた。

「じつは俺、もう少しで転校するんです。だから、最後の文化祭でなにか残したくて、写真なんて撮ろうって思ったんですけど」

口にすると、些細なことだ。説明すればたった一言で終わってしまう。そんなことのために、僕はみっともなく必死で足掻《あが》いている。

ため息をついた僕に、川森さんがやわらかに目を細めた。

「里見くんにカメラを貸してくれたのも、猫っ毛だって言ったのも今日は元気がないって気にかけてくれたのも、その先生なんでしょう？　そんな先生なら、里見くんが転校したからといってすぐに忘れるなんてことはないよ」

先生を好きなんだねと聞かれたさっきの問いには答えていないのに、川森さんには必要ないようだ。それだけ、僕が切羽《せっぱ》詰まって見えるのだろうか。

「……だといいですけど」

もしかしたら川森さんは先生が男だってことに気づいているのかもしれない。でも、もうどっちでもよかった。どう頑張ったところで、どうせもうすぐ転校するのだ。

「なんでわかったんですか。カメラ借りた先生だって」

「勘かな。動物並みだろ？」

川森さんが笑ったから、僕もつられて笑った。

「やっぱり、里見くんは笑ってたほうがいい」

「まあ、元気だけが取柄ですから」

落ち込みそうなときも、空元気で乗り切ってきた。先生にとって、元気な里見でいたいがためだ。

「大事なことだよ。それに、急いで大人にならなくていいんじゃないかな。厭でも大人にならなくちゃいけない日は来るんだからね」

川森さんの言葉に、黙って頷く。納得する半面、早く大人になりたいという欲求は抑えられなかった。大人になれば少しは先生に釣《つ》り合う人間になれるのでは――なんて、邪《よこしま》な感情からだけれど。

その後、僕はアイスコーヒー一杯分だけ居座って、『来夢』を後にした。

今夜月を撮りにいくと言った際、川森さんが自分も一緒に行こうと申し出てくれたが、結局断ってしまった。

いったん家に帰ってから夜を待つ。いい写真を撮ったところでなにも変わらないとわかっていても、いまの僕にはそれが唯一と言ってもいい目標になっていた。

すっかり暗くなり、細い三日月《みかづき》が夜空に浮かんでいるのを部屋の窓から確認した僕は、家を出ると自転車で学校の裏山に登った。

山頂までの坂道は自転車には過酷な道のりで、五分もたたないうちに背中に汗が滲んでくる。腰を上げ、サドルに尻《しり》をつけずに必死でペダルをこいで、やっと山頂に着いたときには全身汗だくになっていた。

あたりは真っ暗だ。僕の呼吸と土を踏む音の他は物音ひとつしない。

自転車を停めると、一昨日《おととい》と同じ場所に立った。

点在するライトの、その向こうにある海は夕方来たときとはちがってなにも見えない。なにもない空間のようだ。

海と空の境目もわからない。その上空にひとつ、氷のようにも見える細い三日月だけが、まるで絵に描いたようだ。

頬を伝う汗をTシャツの裾《すそ》で拭《ぬぐ》って、僕はカメラを構えた。

川森さんに教わったように望遠レンズで撮影する。何度か撮る中に、たった一枚でも先生に褒められるくらいの写真があればいい。

慎重にシャッターを切っていく。

撮影している間は無心になれた。なにも考えずに、シャッターの音だけに耳を傾けた。

レンズを覗き続けて、二時間もたつ頃にはいっそう汗びっしょりになっていた。

どうかいい写真がありますように。

祈るような気持ちで僕は撮影を切り上げ、下山した。


翌日、学校帰りにデータを印刷するつもりだった。自宅でチェックして、明日には先生に見てもらうことができそうだ、そんなことを考えながら学校に着くと、担任の飯田が教室にやってきた。

「里見、ちょっと来てくれるか」

なんだろうと思いつつ、黙って後ろをついていく。廊下の隅まで来ると、飯田はおもむろに口火を切った。

「おまえ、酒を出すような店に出入りしてるって噂を聞いたんだが――本当か？」

「――え」

一瞬、なにを言われているのかピンとこなかった。酒を出す店と言われれば、心当たりはひとつだけある。『来夢』だ。

「酒っていっても……昼間はカフェだし、べつに変な店じゃないし」

「なんだ。事実なのか」

飯田が渋い表情になる。

「里見。おまえ、よくないぞ。そういう類《たぐい》の店に出入りしてると誘惑も多いだろうし、なんらかのトラブルに巻き込まれるだけだ」

「……トラブルなんて、ない」

『来夢』に来るお客さんは常連さんばかりで、みんな話しやすいひとたちだ。オーナーの川森さんの人柄を慕って集まってくるからに他ならない。

「いまはなくても、今後はわからないだろう。とにかくだ。そこにはもう行くな。おまえが転校するって聞いて、先生はこれでも寂しいと思ってるんだよ」

飯田の言葉に嘘はないのだろう。でも、二度と川森さんに会うなというのは乱暴すぎる。

「どうして行っちゃいけないんだよ。変な店じゃないって言ってるのに……酒とか、俺は勧められたことないよ。一滴も飲んでないし、もちろん煙草も吸ってない」

そういう部分は川森さんも自分でもちゃんと考えているのに、頭ごなしに注意されると、込み上げてくるのは反感だけだ。

「話をしてるだけだから」

飯田はすっかり困った表情をしている。予想外に僕が頑固だったもので閉口しているのだ。視界の隅に、歩いてくる先生の姿が映った。先生はちらりと視線を寄越《よこ》しただけで、そのまま去っていこうとする。

「真壁先生」

僕は、咄嗟に呼び止めていた。

先生ならわかってくれるはずだ。この前川森さんに会って、写真のアドバイスをしてもらっているという話をしたのだから。

「いやあ、真壁先生。ちょっと困ったことになってね」

近づいてきた先生に、飯田から話を切り出した。頭を掻く飯田に、先生は普段同様冷静な態度だ。

「文化祭に出す写真のアドバイスをしてもらってるって、前に俺、先生に言ったの憶えてる？

面白いひとに会ったって」

「ああ」

口早に説明すると、思い出したようにひとつ軽く首が縦に振られる。

「そう言えば聞いたな」

ほっとした僕は、先生から飯田に視線を戻した。が、飯田の表情はまだ渋い。

「それがですね、パブっていうの？　飲み屋のマスターらしくて、里見がそこに出入りしてるらしいんですけどね。外部から連絡があったようで、教頭から注意を受けたんですよ」

飯田が説明する間、先生は黙っている。

「けど、ちゃんとした店だし、それにさっきも言ったように写真を教えてもらってるだけだから、なにも疚しいことしてない」

口を挟んだ僕に、飯田が肩をすくめた。

「アドバイスなら真壁先生にしてもらえばいいだろう」

「……けど」

その先が言えなくなり、唇を引き結む。

先生に教わったのでは意味がない。『来夢』に通うのは、いい写真を撮って先生を驚かせたいからだし、気をまぎらわせるためだった。

「まあ、その店には今後は行かないようにな。転校前にごたごたすると、おまえのためにもならないんだぞ」

僕の肩を一度叩くと、飯田は職員室のある方角へと歩いていった。僕は、『来夢』の話どころではなくなる。心の準備もできてないまま先生の前で転校の話を出されて、どうしていいかわからない。

恐る恐る窺ったが、先生はやっぱりいつもどおりだ。

「……先生、俺が転校するの、知ってたんだ」

母親が学校に連絡したと話していたから、昨日の時点でもう知っていたのかもしれない。

「飯田先生から聞いたんだ？」

声が震えないよう、平静を装うのが精一杯だった。先生がどう答えるのか、僕には想像もつかない。だけど、淡い期待が込み上げる。

寂しくなるなと、嘘でもいいから言ってほしかった。飯田ではなく、他の誰でもなく、僕は先生に言われたい。

「そうだ」

言ってよ、先生。

嘘だって構わないんだ。

いつも元気な里見がいなくなったら寂しくなるなって、一言だけでいいから。

「里見」

でも、僕を呼ぶ先生の声は変わらない。表情も最初から同じで、少し不機嫌な印象すら受ける。

「飯田先生の仰《おっしゃ》るとおりだ。転校前のごたごたはおまえのためにならない」

先生の口から出たのは、僕の期待とはあまりにかけ離れたものだった。

「その店にはもう二度と行くな。わかったな」

言うだけ言って、僕に背中を向けて歩み去ってしまう。ひとり取り残された僕は、しばらくその場から動くことができなかった。

冗談の嫌いな先生。

結局、最後まで先生は先生だ。

しようがない。どんなに僕が先生を好きでも、先生にとっては僕なんて大勢の中のひとりなんだから。

わかっていたはずなのに、自分が取るに足らないちっぽけな存在だと改めて思い知らされる。

「……わかった」

もう先生には聞こえないと承知で、ようやく僕は返事をした。

なんだろう。すごく傷ついているのに、こんなにショックを受けているのに、涙も出ない。

胸の奥がすーすーする感じで、手足がやけに冷たくなった気がしてくる。

失恋した――その事実は胸に苦い塊を作ったが、わかっていたことだ。ただ、はっきり突きつけられてしまったというだけで。

「里見、なにぼけっとしてるんだよ。予鈴鳴ってっぞ」

大島が、教室から大声で呼びかけてきた。おかげでようやく足が動き出し、僕は教室に戻った。

よく考えてみれば、傷つくことでもない。ショックを受けるのは多少なりとも期待するからで、初めから期待なんて少しもしてなかったはずだ。

どうしようもないことって、きっとこの世にはたくさんある。先生が僕をなんとも思ってないことだって、そのどうしようもないことのひとつにすぎない。先生が冗談を言わないのも嘘や社交辞令を口にしないのも、それは先生のせいではないのだ。

僕が今日『来夢』に顔を出して、川森さんにさよならを言うのだってどうしようもないこと。

なぜなら、先生が行くなと言ったから。

どれほど冷たくされたって、天秤《てんびん》にかければ、僕は先生を選んでしまうのだ。

六時限目が終わると、すぐに学校を出た。

『来夢』のドアを開けたとき、川森さんはカウンター席に座ってレンズを磨《みが》いていた。僕が入っていくと、いつもそうであるように穏やかな笑みを浮かべて迎えてくれた。

「いらっしゃい」

すぐには返事ができない。黙ったままで頷く。

川森さんは少しの間僕の顔を見つめていたが、なにか察したのか笑みを引っ込めた。

「今日は、なにかあった？」

また頷く。

「ここ、座って。いまコーヒー淹《い》れるから」

今度はかぶりを振った。

「……いらない、です。今日は話をしにきただけだから」

川森さんが目を瞬かせた。急に変なことを言い出したから、きっと怪訝に思っているのだろう。

僕は何度か唇を舐《な》めてから、言葉を発した。

「俺……じつは、川森さんに言わなきゃいけないことがあるんです」

一週間もたっていないのに、すごく長かったような気がしてくる。

転校が正式に決まって、先生にカメラを借りて、川森さんに出会って——この数日の間にいろんなことがあった。

「もう、ここには来れなくなったんです。本当に川森さんにはよくしてもらったのに、お返しどころか……本当にすみません」

口にするとなおさら申し訳ない気持ちになり、深く頭を下げる。

「里見くん」

ドアの近くに立ったままの僕に、川森さんが歩み寄ってきた。

「謝らなくていいよ。僕のほうこそ思慮が足りなかった。学校で注意されたんだね」

「はい」とも「いいえ」とも答えられない。注意はされたのは事実だが、最終的に決めたのは僕自身だ。

唇を結んだままの僕に、

「ああ、そうだ」

川森さんがカウンターの隅に置いてあった封筒を取り、中身を出した。

「これ、見てごらん。僕の撮ったきみの写真なんだけど」

カウンターに並べられていく写真は、ほとんどが顔のアップだ。こんなに撮られていたとは気づかなかった。

「これがきみだ。いい表情してるだろ? 写真を撮っているきみは、真剣でとてもいい瞳をしていた」

「…………」

なにが言いたいのだろう。いまの僕は写真の僕と比べてよくないという意味だろうか。でも、それは当然だ。今日の僕は最悪の気分だった。

思わず写真から目をそらしたが、川森さんは僕の予想とはまったくちがう話をし始めた。

「いまの里見くんも、やっぱりいい顔をしてる。許されるのなら、カメラを向けたいくらいだ」

「そんなの、嘘です」

即座に否定する。慰められたくなかった。自分がみじめで、うんざりしているのに、「いい顔」なんて言われたくない。

「嘘じゃない。里見くんは本当に魅力的だよ」

「――――」

川森さんの声は優しい。優しくされると、心が弱くなる。川森さんに打ち明けてもしようがないと承知で、引き結んでいた唇を解いた。

「だけど……先生には少しも通じなかった」

当たり前だ。男子生徒に想われているなんて普通は想像もしないだろうし、迷惑なだけだ。

「先生は、カメラどころか、俺を見てもくれなかった」

いっそ全部吐き出して、泣けたらどんなにいいか。失恋したからでも、冷たい先生をなじるためでも、理由はなんでもいい。泣けたら少しはこの気持ちも晴れるかもしれない。

でも、泣けない。なにもかもいまさらだ。

初めから叶う恋だとも思ってないし、先生が素っ気ないのも僕を見てくれないのも、いまさら嘆《なげ》く理由にはならなかった。そういう先生を好きになったのだから。

川森さんがスツールから腰を上げた。僕のすぐ傍までやってくると、顎に指先を触れさせてきた。

「川森さ……」

川森さんの指は、顎から唇へ移動する。

「それは、きみの先生の目が節穴なんだ。きみのせいじゃない」

僕をじっと見つめていたかと思うと、同じ手が今度は背中に回ってきた。

「僕はね、里見くん。きみをとても気に入っている。だから、きみを悩ませる人間は、たとえそれが先生でも許せないと思うよ」

「――――」

「そんな先生、忘れちゃいな」

手のひらが優しく背中を上下する。

いきなりどうしたのかと、戸惑いながらじっと立ち尽くしたままの僕に、川森さんは少しだけ屈《かが》み、唇を近づけてきた。

考えるより早く、咄嗟に顔を背けていた。でも、背中にある手は離れない。

「川森さ、んっ」

身動《みじろ》ぎしたが、強い力で引き寄せられる。川森さんがなにをしたいのか、僕にはさっぱりわからず困惑するばかりだ。

「じっとしてて」

川森さんがそう言ったのと、背後でドアベルが鳴ったのはほとんど同時だった。誰か入ってきたらしいのに、背中の手は離れるどころかますますしっかりと回る。

川森さんは力強い腕で僕をその場に留めておいて、入ってきた客に、川森さんらしくない冷ややかな口調で応じる。

「すみませんが、出直していただけませんか。まだ開店の時間じゃないですし、見てのとおり取り込み中なので」

背後の客は、出ていく気配はない。

緊迫した空気すら感じて、僕は息を呑んだ。いったいどうしたというのだろう。

川森さんの身体を押し返した、その直後だった。客が口を開いた。

「今日は客じゃありません」

この声は。

「俺の生徒を返してもらいにきました」

——先生だ。先生の声だ。

身体ごと振り返る。川森さんの手は、今度は簡単に離れた。

「……先生」

なんでここに、という台詞は声にならない。

いま頃先生は、部活の時間だ。本当ならこんなところにいるはずがないから、「なぜ」という疑問ばかりが頭の中を巡る。

先生はひどく機嫌が悪そうだ。眉間には縦皺がくっきりと刻まれ、不快さを隠そうともしていない。

「そうですか。最近の先生は大変なんですね。担任でもない生徒の尻を追いかけなきゃならないんですから」

挑発的な口調でそう言った川森さんを、先生は鼻で笑った。

「大変なのは尻を追いかけることじゃなくて、なにも知らない子を誑《たぶら》かそうとする輩《やから》を追い払うことです」

ふたりの間に立って、僕はひたすら先生を見つめる。まさかここで会うとは思っていなかったから、自分の目や耳を疑ってしまう。

だが、目の前にいるのは確かに先生だ。

「どうですかね。あなたがいくら連れ帰ろうとしたって、里見くんが帰りたがらないかもしれませんよ？　可愛い生徒をこんなに悩ませるような先生に、ついていくでしょうか」

初めて耳にする川森さんの冷たい声よりも、先生の反応が気になって、僕は緊張のあまりみぞおちが痛くなってきた。注意されたばかりだから、先生はきっと心配して来てくれたのだろう。

「ご心配には及びません。帰らないと言うようなら、首に縄をつけてでも連れて帰るまでです」

しばらくふたりは睨み合っていたが、川森さんがそれ以上なにも言わないとわかると、先生は僕へと視線を移した。

「里見、こっちに来い」

普段は低くよく通る声がどこか刺々《とげとげ》しい。やっぱり怒っているみたいだ。注意したのに、僕が守らなかったから。

「首に縄を巻かれたくなければついてこい」

立ち尽くす僕に一言告げ、先生はドアへと向かう。ドアノブに手をかけたとき、なにを思ってか足を止め、ふたたび向きを変えるとカウンター席へと歩いていった。

並べてある写真を乱暴に掻き集めるや否や、封筒に放り込む。

「これはこっちで処分させてもらいます。いつまでも引き摺られては困るので」

最後にそう言い残し、店を出た。僕も足を踏み出し、先生に従った。

「里見くん」

川森さんに声をかけられたけれど、振り返れなかった。

よくしてもらったのに、僕はもう自分と先生のことしか考えられない。大きな歩幅で先へと進む先生の背中をひたすら見て、追いかける。

外で、富江さんと平野さんと鉢合わせた。

「あれ、里見くん？　もう帰るの？」

答えたのは、前を歩いている先生だ。

「帰ります。二度と来させませんので」

唖然《あぜん》とするふたりを無視して、先生は路肩に停めていた車の助手席に僕を押し込み、自分は運転席に回った。

「シートベルトをしなさい」

エンジンをかけながら命じられる。

いつも通りすがりに眺めるだけだった先生の白いセダンは、片づいてはいるものの飾り気はひとつもない。洗車にしても、ガソリンスタンドで洗車機をくぐっているのだろう。

言われるままシートベルトをつけると、先生はアクセルを踏んだ。

どこに向かうつもりなのか、僕の家とは反対方向に車は進んでいる。行き先を問おうにも、先生がむっつりと黙ったままだから質問するのも躊躇われる。

一言も話してくれないどころか、こっちを見ることもしないので僕は背を丸めるしかなかった。

時折、ハンドルを指先で叩く仕種がひどく苛立《いらだ》っているように見えて、それにも緊張してしまう。

重い空気の中三十分ばかり走ったあと、白い外壁のマンションが目的地だとわかった。その駐車場で先生は停車した。

無言で車を降りる先生に従い、僕も外へ出る。

オートロックを解除してマンション内へ入っていく先生を追いかけ、一緒にエレベーターに乗る。エレベーターの中でも重苦しいムードは続いていた。六階で降りると、一番奥の部屋へと歩いていった。

ドアを開錠《かいじょう》した先生が、僕の背中を押す。戸惑いつつ先に玄関に入った僕は、促されるまま靴《くつ》を脱いだ。短い廊下を進み、リビングダイニングのドアを開けて入ると先生は鞄を床に置いた。手にしていた写真の入った封筒は、テーブルの上に乱暴に放り投げられる。

そこまですませて、先生がようやく僕を振り返った。

「この、大ばか野郎が！」

いきなりだった。怒鳴られ、反射的に身をすくめる。一瞬目を閉じてから、恐る恐る窺うと、先生は僕の目の前で眉を吊《つ》り上げ仁王立ちしていた。

「店には行くなと忠告しただろう。おまえはなにを考えてるんだ！」

先生に怒鳴られるのは初めてだ。けっして優しい先生ではないが、生徒を怒鳴る場面はいままで見たことがなかった。

「あ……だから、先生がそう言ったから、もう行けないって言いに……っ」

これほど先生を怒らせてしまうなんて——慌てた僕は、なんとか言い訳したくて口を開くが、空回りしてうまく喋れない。

自然に声音も弱々しく掠れていく。

「俺は二度と行くなと言ったんだぞ。いちいち断る必要がどこにある。いいか。おまえが思ってるよりずっとずる賢《がしこ》い大人は大勢いる。おまえみたいなガキを手玉に取るくらい朝飯前だ。おまえは単純だから、ちょっと優しい顔をしてやれば、すぐにいいひとだと思って気を許すだろう。あんなわけのわからない男にどうして簡単に懐くのか、俺はおまえの頭の中を覗いてみたいくらいだ」

先生のこんなに長い説教もそうだ。常日頃から饒舌《じょうぜつ》とは言いがたい先生が捲《まく》し立てるように言葉を重ねるのは、ひどく怒っている証拠だった。

「か、川森さんは……そんな変なひとじゃ、ない」

なんとか機嫌を直してほしいけど、どうしていいのかわからない。先生の言うとおり僕は単純だから、先生に怒られるとすぐに凹《へこ》むし、自己嫌悪に陥って逃げたくなるのだ。

「変なひとじゃない？　十分変だろう。怪《あや》しげな連中が集まる店に、おまえのような高校生を連れ込む奴のどこがまともだっていうんだ」

「……でも、べつになにもなかったし」

頭ごなしに叱られて、悲しい気持ちになってくる。僕にはもう時間がないのに、先生を怒らせることしかできないのか、と。

「まだそんなことを言ってるのか」

ふいに先生の手が伸びてきた。覚えず身を縮めると、手は僕の頬をぐいと拭った。

「抱き締められて、あやうくキスされかけて、どこがいいひとだって？　それとも、おまえはあの男にそういうことをされたかったのか」

「ち、がう……ちがうけどっ」

先生に全部見られていたと知って、かっと顔が熱くなる。あれに関してはあまりに急で、僕自身、どうしてなのかいまだ戸惑っている。

「おまけに、こんな写真なんか撮らせるし」

先生の視線が僕から離れ、テーブルの上に流れる。封筒を拾い上げたかと思うと、迷わずごみ箱に投げ捨てた。

ふたたび先生の視線が僕に戻る。

「わかっているのか？　あのままだったら、あっという間に裸《はだか》に剝《む》かれて股《また》を広げた写真を撮られてたぞ」

「は……？　なに、それ」

もう、わけがわからない。頭の中は混乱するし、顔は熱くなるし、冷静になるどころかほとんどパニックだ。

「どうせ俺は単純だよ。大人に優しくされてすぐに懐くようなばかな奴なんだ。けど、先生だって大人じゃん。学校ではちゃんとしてたって、本当のところは僕にはわからない。先生も、ずるい大人かもしれないってことじゃん」

自分でも意味不明なことを口走りながら、先生の顔がぼやけてくる。泣く理由が見つからなかったのに、先生に叱られたいまなら、大声を上げて泣けそうだった。

子どもっぽい愚痴をこぼしてまた怒鳴られるかと思ったが、唇をきつく噛《か》んだ僕に、先生はふっと表情をやわらげた。

「当たり前だろう。いい先生を演じるくらい造作もない」

怒ったから、フォローのつもりだろうか。

僕は、ちがうとかぶりを振った。

「先生はずるくない。いつも正しいよ」

冗談も嘘も言わない先生。そんな先生だから、僕はとても好きになったんだ。口にはできない言葉を心で告げる。

先生からの返答はない。なにも言わず、僕を見ている。先生の視線に耐えられなくなって俯くと、唐突に大きな手のひらが僕の頭にのった。そのまま引き寄せられて、先生の肩に額が密着する。

「そうだな。なら、おまえの知らない、ずるい『先生』を教えてやろうか」

「――――」

どういう意味だろうか。考えたかったけど、それどころではなかった。先生と、こんなに近いのだ。いままでも何度か近くに寄ったことはあったが、密着したのは初めてだった。

「おまえに聞いたあと、あの『来夢』とかいう店を見にいった。胡散《うさん》くさげなマスターも常連客も確認した。『そんなひとじゃない』なんて言うなよ。俺にとってはおまえに近づく奴は誰でも、たとえ大島だろうと飯田先生だろうと胡散くさく見える。わかったか」

なんでいま大島や飯田の名前が出てくる？

僕は、回らなくなった思考をどうにか働かせようとするが、なかなかうまくいかない。ただ、心臓が痛いくらい速く脈打っている。きっと先生にも伝わっているだろう。

「で、確認した俺がどうしたと思う？」

先生の問いに、なんとか肩口で首を横に振る。

「外部から注意が入ったふりで、それとなく教頭に進言したのは、なにを隠そうこの俺だ」

「……先生」

とうとう耐え切れず、僕は両手で先生の上着を摑んだ。

「俺は……ただ、いい写真撮って先生に褒めてほしかった……川森さんに教えてもらったのも、ちょっとでも先生にびっくりしてほしかったから」

なにも考えられない。胸の奥から感情がいっきにあふれ、身体じゅうを駆け巡っていく。

「先生が好き。本当に、好きなんだ」

一度堰《せき》を切ったら止まらない。こんなことを言うつもりはなかったが、激情のまま告白したあげく、涙まであふれてくる。

「自分でもどうしようもない。どうしても好きで……けど、先生にとっては俺なんて、ただの生徒で、たいした存在でもないってわかってるし、だから……そのくらいしか、思いつかなくて……転校する前にどうしても、なんとかしたいって思って」

あーあ。言っちゃった。

ちょっとだけ長く憶えていてほしいと思っただけだったのに、先生が怖くて、優しいから、つい言ってしまったじゃないか。

「ごめ……先生。変なこと言った。忘れて、いいから」

嘘。忘れないで。

ばかな生徒がいたなって、ときどきでいいから思い出してほしい。

きゅっと唇を引き結んだ僕の前で、先生は難しい顔をしている。きっと困ってしまったのだろう。早くも後悔に駆られながら、握り締めていたワイシャツから僕は手を離した。と、その手を先生が摑んでくる。

「おまえは本当に鈍いな。なにがごめんだ」

「先——」

まだ怒っているようで、先生の眉間にはやっぱり深い縦皺が刻まれている。

「好き好きって連呼するな。そんなことはわかっている」

怖い顔で、どこか躊躇いがちな言葉を紡《つむ》いでいく先生に、僕はなぜか急に不安になった。そのぶん一言一句聞き漏らすまいと、震えつつも先生の声に耳を傾ける。

「わからないと思うか。あんなにアピールされちゃ、気づかないほうがおかしい」

アピールは……確かにした。でも、先生は気づいてないと思っていた。いつも平然として、僕を躱《かわ》していたのだから。

先生が、なげやりな様子でため息をひとつこぼした。

「わざと課題を忘れる。突然写真を撮ると言い出す。ちょっと触ったら、こっちが悪いことをしているような気分になるほど取り乱す——これで気づかないほうがどうかしてる。挙句の果てには所構わず熱いまなざしは送ってくるしで、おまえのやり方は直球すぎて恥ずかしくなる」

少しも恥ずかしそうには見えない表情でそう言われて、僕はすっかり動転してしまった。

まさかぜんぶばれていたなんて……恥ずかしくて先生に摑まれている手を引いた。が、先生はいっそう強く僕の手を握り締め、身体ごと引き寄せた。

「こっちもそれなりに応えただろう。何度も。おまえが鈍すぎて気づかなかっただけだ」

「…………」

なにか言わなくてはと思うのに、なかなか声が喉から上がってきてくれない。唇に歯を立てる僕の頭頂部に、先生がこつんと顎をのせてきた。

「頼むよ。これ以上俺を困らせてくれるな。言っておくが、俺はこれでも結構モラリストなんだ」

ため息混じりの言葉とともに僕の手を離してくれたが、すぐに同じ手が背中に添えられる。

「でも、おまえがそんなふうだと、先生をやめたくなるじゃないか」

「……先生」

やっと発した僕の声は、ひどく上擦《うわず》っていた。

「先生……俺、先生が先生じゃなくてもいい」

先生の言うことは、わかるようでよくわからない。でも、自分がいまどう答えればいいのか、それだけははっきりしている。

「先生が先生じゃなくても、先生が好きなんだ」

少しの間、先生はなにも喋らなかった。不安になった頃、やっと口を開いてくれたと思っ

たら、

「おまえ、早く転校しろ」

僕をなにより落ち込ませることを言い始める。

「俺は、したくないって言ってるのに」

ひどいと言外に責めた僕に、先生はさばさばした声音になった。

「俺は一刻も早く、おまえの先生をやめたい」

そして、一度僕の身体を離したかと思えば、顎に手を触れさせてきたのだ。

「先……」

名前を呼ぼうと解いた唇に、乾いた唇が押し当てられる。驚きのあまり僕は硬直し、放心してしまう。

「なにをぼうっとしているんだ。なんとか言ったらどうだ」

と催促されても、どうすればいいのか。

「え、だって……」

いまのは——キス？

先生とキスをした？

自分の唇に、自分で触れてみる。

やっと実感できたら驚きと昂揚《こうよう》で狼狽《うろた》え、なおさらなにも言えなくなった。

膝に力が入らなくなって、その場にしゃがみ込みそうになる。もちろんそうならなかったのは、先生が僕を支えたからだ。

「なんだ、それは」

両腕を摑まれた状態で見上げると、先生の呆れ顔が見えた。

「いくらなんでもそれは反応しすぎだ」

「だって……先生がキ」

「キ？」

「スなんてするから……」

口にすると、いっそう頭の中がぼんやりしてくる。こんなこと、これっぽっちも期待してなかったからまだ半信半疑だった。なぜってさっきからあまりに僕に都合のいいことばかり起こっている。夢にだって見なかった展開だ。

「なんてだと？」

ぐいと身体を引き寄せられる。先生は僕の腰に腕を回して目線を合わせたあと、耳朶《みみたぶ》に唇をぴたりとつけて、聞いたことがないくらいやわらかな声で囁《ささや》いた。

「おまえが大人になったら、もっとすごいキスをしてやるから、覚悟しておけ」

驚きすぎると、自分でも予測がつかない言動をすると聞いたことがあるが、どうやらそれは本当らしい。嬉しい気持ちはあるものの、それ以上にほっとしてしまった僕は、みっともなく泣き出してしまったのだ。

「お……俺は……先生と離れなくてもいい？　転校しても、先生といられる？」

本当に先生が好き。いままでも好きだったけれど、いまはもっと好きになった。

早く大人になりたいと願っていたのに、これでは台なしだ。でも、涙はいっこうに止まってくれないばかりか、鼻水まで垂れてきた。

「汚いなあ」

僕の顔を見た先生が、ワイシャツの袖口《そでぐち》で涙と鼻水をぐいと拭ってくれる。

「汚れ、る」

どうせ止まらないのだからと首を振って断っても、構わずごしごしと擦るとまた自分の胸に引き寄せてくれた。

「俺はモラリストでありたいと思っているし、案外面倒くさがりなんだ。気まぐれで生徒とどうにかなろうなんて面倒なことは、頼まれてもごめんだ」

やわらかな声。僕にだけ聞かせてくれる声だ。

「だから、できるだけ急いで大人になってくれ」

「……先生」

先生がどんな顔をしているのか、どうしても確かめたかった。上目で窺うと、少しだけ照れくさそうな顔をした先生の、ひどく優しいまなざしとぶつかった。

「知ってるか？　俺はばかな奴は好きじゃない。けど、好みの子が見せるばかはたまらなく可愛いと、おまえを見ていてよくわかった」

「……それって」

喜んでいいのか、落ち込むべきなのか迷う一言に顔をしかめる。先生はふっと笑って、僕の鼻を抓《つま》んだ。

「つまり、恋は盲目って言うだろう？」

4

教室に先生の声が響く。よく通る、とてもいい声だ。

「次の時間までによく読んでくるように」

いつものように課題が与えられると、クラス全員が即座に次の授業が何日か確認する。自分の出席番号から離れているとわかった者は胸を撫で下ろし、近い者は恐々となるのだ。

「特に里見」

「は、はい！」

名指しで呼ばれて立ち上がった。勢いがあまり、椅子が大きな音を立てた。

「しっかり読んでこいよ」

「でも、俺は当たんないはずじゃ」

「いつも出席番号だと思うな」

「……う」

先生は、やっぱり先生だ。冗談が嫌いで、相変わらず容赦がない。

終了のチャイムが鳴って、みなが一礼する。先生は教壇を下り、教室を出ていった。

その後ろ姿を見送って、僕は小さく息をつく。

来週の古文が、先生の最後の授業だ。寂しいけれど、これですべてが終わるわけではない。

――この世の終わりみたいな顔をするな。電車も車もあるだろう。

少なくなっていく日を数えて肩を落とす僕に、昨日、先生はそう言った。

先生の部屋に入れてもらったのは、最初のときを除いて昨日が二度目だった。

およそ一ヶ月で二度は、決して多くはない。てゆうか、少ない。しかも、頼み込んで頼み込んで、やっとだったのだ。

最初のとき以来、キスもしてくれない。勇気を出して僕がそれとなく誘っても、「マセガキ」の一言で額を小突いてあしらわれてしまう。

もっとも、僕にしてもいまだ先生が傍にいるのが信じられなくて、何度かからかわれてしまったのだが。

「里見がこの文化祭にかけてたのって、転校するからだったんだな」

大島がしみじみとこぼす。今年の大島は、ペットボトルのオブジェを提出するらしい。

「まあ、べつにかけてたわけじゃないけど」

思い出を作りたいという、切羽詰まった気持ちだったのは確かだった。いまでも、先生はもちろん大島やクラスメートと離れるのはつらい。

「なんかおまえ、平気そうだな。俺なんか寂しいと思っちゃってんだけど」

だけど、先生が言ったとおり、電車も車もあるのだ。

「寂しいって。けどさ、新幹線使えば二時間弱だし、会う気になればいつでも会えるっしょ?」

先生の受け売りを大島にも言うと、大島はそりゃそうだと笑った。

「いまから写真飾りにいくんだろ?」

明後日《あさって》からの文化祭に向けて、学校じゅう準備に追われている。僕たちのクラスはお化け屋敷をすることになり、帰宅部の僕も毎日帰りが遅くなっていた。

「うん」

僕は大島と別れたあと、鞄と紙袋を持って教室を出た。紙袋の中身は写真のパネルで、向かう先は写真部の部室だ。

写真の出来は——まあまあだと思う。

候補に挙げた十枚の中から、最終的に先生が一枚を選んだ。

——月が不自然に大きすぎる。斬新《ざんしん》であればいいってものじゃない。

と、こき下ろしながら。

どうやら川森さんの意見が入っているのが気に入らないようだが、僕の努力はわかってくれて、あとから「おまえにしては上出来だ」とも言ってくれた。

渡り廊下を抜け、写真部をまっすぐ目指す。写真部の前には、生徒たちで人だかりができていた。

どうやら展示物を取り囲んでいるらしいが——やはり一番の注目は先生の写真にちがいな

い。去年も足達の写真で話題を呼び、文化祭が終わったあとでもいろいろ噂されていた。今年は去年以上だ。

歩み寄っていくと、先生が僕に気づいた。近づいて、小声でどうしたのかと聞いてみると、先生の視線が部室の中へ向けられたので、僕も人垣の隙間から中を覗き込んだ。

飾られているのは、先生の写真だ。前に話していたとおり、去年のような普通のポートレイトではない。

全体的に蒼《あお》く、まるで月明かりで包まれているような中に、ぼんやりと浮かび上がっているのは、ベッドだ。誰かが、ベッドの上で背中を向けて眠っている。

影が落ちているせいで男なのか女なのかすらはっきりしないが、蒼白い背中が腰の近くまであらわになっているわりには少しもいやらしい感じではなく、透明な、清潔感すら感じさせる。

パネルの下のタイトルは『青』。

すごく綺麗で――優しい写真だ。

「これ、誰?」

写真に目をやったまま問う。すぐ隣で、呆れ声が返ってきた。

「おまえ、それ、本気で言ってるだろう」

もちろんだ。先生がいつ、誰を撮ったのか、僕はまったく知らされていなかったのだから。

先生に恨《うら》めしげな視線を送る。先生は僕を見て、軽く肩をすくめた。

「え」

まさか。

「嘘……」

いつの間にこんな写真を……僕には裸で眠った記憶すらないというのに。

戸惑う僕を横目に、先生はにっと口の端を引き上げる。

「チャンスは二回あっただろう。そのうちのいずれかだな」

「ぜんぜん……わかんなかった」

「ああ。おまえは鈍くて助かる」

笑いながら踵《きびす》を返した背中を、僕は一度引き止めた。

「『青』ってタイトル、なにか理由あるんだ?」

蒼い写真には、合っているかもしれない。でも、先生にしてはちょっと安直な気もする。

「俺の個人的な気持ち、ってところだな」

だが、先生の返答は意味不明で、ますます僕を混乱させた。

「心をくっつけると——さて、なんだと思う?」

ヒントはそれだけで、まるでなぞなぞのような宿題を残して離れていった。

「心? わかんないって」

僕が頭を捻《ひね》る間にも、先生は他の生徒たちに質問責めに合っている。モデルは誰だとか、どんな関係だとか、もちろんタイトルの意味についても。

先生が適当にごまかすせいで、ますますみんな盛り上がっていく。当たり前だろう。今回の写真は去年とはちがって、まるで先生のプライベートを写し取ったみたいなものだから。

「もしかして、青に心をくっつけるってことかな」

僕といえば、頭の中で置き換えたり並べ替えたりと考えるのに忙しい。写真を前にして、一生懸命頭を捻っていたとき、突然、浮かんだ文字があった。

「——あ」

タイトルの意味がわかると、目の前の写真がまるでちがって見える。速くなった鼓動を静めたくて胸を手で押さえたが、なんの役にも立ちそうになかった。

「なあ、里見」

大島が横に並んできた。興味津々《きょうみしんしん》な様子で小指を立て、耳打ちしてくる。

「このモデルって、やっぱ真壁ちゃんのコレかな。俺の勘じゃ、絶対間違いないと思うんだけど、おまえはどう思う?」

僕は答えられないし、写真からも目が離せない。ただ、黙って深く頷いた。

これは、僕だけに与えてくれる先生のメッセージだ。「情」を込めて、シャッターを押してくれた証拠。

ありがとう、先生。

僕も、先生が大好きだ。

生徒に囲まれている、ワイシャツの背中を見つめながら心の中で告げ、僕は僕の中にある確かな「情」を、胸の奥で嚙み締めたのだ。

年下の本気

1

「ありがとうございました！」

自動ドアが開き、本日最後の客が帰っていく。代わりに冷たい夜気が滑り込んできたレンタルビデオ店『フレンド』の店内には、店長と、僕を含めたアルバイトの三人だけが残された。

「新年早々、彼女としっぽりＤＶＤ鑑賞ってか？」

偶然か、それとも隣でぼやいているアルバイト仲間の杉村《すぎむら》が正しいのか、年が明けてからこっち、やけにカップルが多い。日頃から彼女が欲しいと言って憚《はばか》らない杉村にとっては、目の毒なのだろう。

片づけをしながら苦笑すると、不満げな横目を流された。

「その余裕顔、むかつく。まさかおまえ、彼女いるとか言うなよ。来週の合コン、おまえが頼りなんだから」

「……え」

合コンに誘われたのは憶《おぼ》えているが、その場で断ったはずだ。

「俺、行かないし」

すぐさま言い返したのに、杉村は聞く耳を持たない。

「途中で帰ってもいいからさ。ていうか、帰ってくれ。おまえは客寄せパンダなんだから」

「そんなこと言われても、無理だって」

どれほど強引に誘われようと、頷《うなず》くわけにはいかない。合コンに興味はないし、なにより必要なかった。

「里見《さとみ》くんは駄目《だめ》だろ」

助け舟を出してくれたのは、近くにいた店長だ。

「里見くんには、べた惚《ぼ》れの彼女がいるもんなあ」

揶揄《やゆ》を含んだ口調で続けられ、自然に頬《ほお》が緩む。彼女――ではないが、べた惚れの相手がいるというのは事実だ。彼以外目に入らないし、頭の中はいつもそのひとでいっぱいだ。だから、好きなひとがいるかと聞かれたら、いまは少しも迷わず「いる」と答えている。

「え！　マジで？」

杉村が目と口を大きく開く。そこまで驚くことかと思いつつ頷き、店長の言葉を肯定した。

真壁知之《まかべともゆき》。三十二歳。高校教師。

それが、僕の好きなひとだ。

片想いを経て、高校二年の夏にやっと気持ちが通じ合ったのも束《つか》の間《ま》、僕が転校したため遠距離恋愛を強《し》いられるはめになった。

たった一年八ヶ月と他人は言うが、僕にとっては永遠にも思える長い遠距離恋愛だったので、志望校を変えての受験は、絶対に受かってやるという強い意思で挑んだ。じつのところ、落ちることは考えなかったので、親にも内緒で滑り止めをいっさい受けなかったのだ。いまだ周囲には一校しか受からなかったと言ってある。

一念岩をも通すと言うが、僕にとってその一念は好きなひとの傍《そば》に戻りたいという気持ちに他ならなかった。

おかげで、ひとり暮らしをしているアパートから先生のマンションまで電車で二十分足《た》らずだ。本音を言えば、すぐ近くの部屋を借りたかったものの、生憎《あいにく》と先生の住む場所には学生アパートがなかった。

あれからもうすぐ三年。ひとり暮らし歴と正式な恋人歴も三年だし、アパートから近い『フレンド』で週四日アルバイトを始めたのも大学入学直後からなので、アルバイト歴も三年になる。先生と会うために土日を確保したくて、部活やサークルに入るつもりは初めからなかった。

「見かけによらず、里見くんは情熱的だよなあ。彼女、かなり年上だっけ？」

店長がにやにやして、茶化してくる。

先日の飲み会でうっかり口を滑らせてしまったせいだが、よほど自分は誰かに話したかったらしいと少し照れくさくなる。先生の立場上誰にも言っちゃいけないというのはわかっていても、僕の好きなひとはすごく素敵なひとなんだとむしょうに聞いてほしくなるのだ。

「ええ、まあ」

頭を掻《か》きつつ言葉を濁した僕に、杉村がぐいと顔を近づけてくる。

「なんだか、裏切られた気分だ。年上って、どれくらい？　つか、どうやって知り合ったんだよ。美人か？　ナイスバディか？」

徐々にあからさまになっていく質問内容には苦笑するしかないが、悪い気はしないのだから、僕も僕だと思う。先生のことを聞かれて、きっと浮かれているのだろう。

「あー……まあ、そこそこ離れてるかな。知り合った場所についてはノーコメント。外見は、俺にはもったいないくらい格——いいと思う」

危うく「格好」と口走りそうになって訂正する。格好いいという褒《ほ》め言葉はいらぬ誤解を招きそうだ。誰かに聞いてほしい気持ちは本当でも、よけいなことまで言って下手《へた》な疑念を持たれたくはなかった。

「うわ、惚気《のろけ》たぞ、こいつ」

杉村が顔をしかめる。肩《かた》を小突《こづ》かれて、そうか、いまのは惚気だったかと自覚していっそう気恥ずかしくなった。

「いや、そういうつもりじゃなかったんだけど」

頭を掻いて否定したところで、頬が緩みっぱなしではどうしようもない。ますます杉村が厭《いや》そうな表情になる。

「でも、あんまり歳が離れてると続かないって言いますよね」

横から唐突にそう言ってきたのは、近くの女子大に通っている北嶋《きたじま》だ。実家は裕福という話なのに、週に三回、深夜の閉店まで『フレンド』で働いている。夜中のひとり歩きは物騒だからと、徒歩で四、五分のところにあるアパートまで大概《たいがい》店長が送っていくが、僕と杉村も何度か代役を務めたことがあった。

杉村はどうやら北嶋に気があるらしい、といつだったか店長が話していた。北嶋は見た目も性格もいいので、本当だとしても不思議ではない。

杉村が合コンの話を振ってくるのも北嶋に対するアピールだろうかと思うと、心情が理解できるだけに切なくなってくる。

僕も同じだった。

先生の気を引きたくて、しょっちゅう課題を忘れた。いま思い出すと、ばかだったなと笑える半面、当時の必死な気持ちがよみがえってきて胸がぎゅっと痛くなる。

僕の場合、ハードルは年齢ではなかった。それ以前に同性という高い壁《かべ》があった。だから、想いが伝わったときには奇跡だと思った。

「確かに話が合わないときもあるけど、感性っていうかな。好みが似てるんだ。好きな食べ物とか、好みの映画とか」

実際、先生とはびっくりするほど趣味が似ている。テレビを観ていても、僕が面白いと思ったものを先生も気に入って観ることが多い。ふたりとも辛《から》いものが苦手で、紅茶よりコーヒー党。ケーキやクッキーより、煎餅《せんべい》とか饅頭《まんじゅう》が好き。

先生の顔を思い浮かべると、自然に鼓動が速くなる。

「わー、この野郎。またなにげに惚気やがったな！」

だから、杉村にまたそう言われたときはもう言い訳しなかった。

ふいと、北嶋がその場を離れていく。ちょっと違和感を覚えたものの、杉村の文句を聞く傍《かたわ》ら片づけに戻った。

閉店後は、すぐさま自転車に跨《また》がり、白い息を吐きつつ十分ほど先にあるアパートに——ではなく駅を目指した。

金曜日。深夜十時半。これから向かうとなると、着くのは十一時になってしまう。まだ土曜日ではないし、お世辞にも常識的とは言えないとわかっていても、せめて会える日くらいは少しでも早く先生に会いたいという欲求には勝てなかった。

はやる気持ちを抑えてちょうどやってきた電車に飛び乗り、先生の顔を見るまでの十数分間、いろいろなことを考える。

まず顔を見たらなんと言おう、とか。でも、いくら気の利いた言葉を用意していても、これまで成功したためしはない。顔を見たら胸がいっぱいになって「会いたかった」と正直な気持ちが口に出てしまうのだ。

先生が「はいはい」と軽くあしらうのはいつものことだった。

――おまえ、よく飽きないな。その台詞《せりふ》、何回聞いたことか。

実際、呆《あき》れた様子で肩をすくめられるときもあるが、僕の返答は決まっている。

――飽きるってどういう意味で？　会いたいって口にすること？　それとも、会いたいって思うこと自体？

どっちにしても飽きるなんてありえない。実際、僕は自分ほど幸運な人間はあまりいないと思っている。

先生は、初めて本気で好きになったひとだ。初恋が叶《かな》うなんて、これ以上の幸運があるだろうか。

しかも、一緒にいればいるほど好きになっていく。

遠距離恋愛の時期を除いて三年。正確には、二年と十ヶ月。僕は、二年十ヶ月前よりもっと先生のことを好きになっている。欲を言えば先生もそうであってほしいけど、それを望み出したら止まらなくなるので、いまは自分がすべきことをやるだけだ。

十二歳の年齢差はどうしたって縮まらない。それなら、学生である僕がすべきことは、勉強、アルバイト。そして、先生と約束したとおり、少しでも早く大人《おとな》になること。

とはいえ、どうやったら早く大人になれるかなんてわからない。高校時代となにか変わったかと聞かれても、僕自身ぴんとこないのだ。

明確な変化といえば、身長が八センチほど伸びたことくらいだ。先生の背丈にはまだ四センチほど足りないが、年齢差がどうしようもないぶん、少しでも近づけた気がして嬉しかった。

もっともそれを先生に話したら、

――身長にこだわるところがガキだって証拠だな。

一笑に付されたのだが。

電車に揺られながら、ため息をこぼす。自分でも笑ってしまうほど夢中だという自覚はあった。

つまり、恋に溺《おぼ》れているわけだ。先生に出会った瞬間から、僕の世界は先生一色で染まってしまった。

「……ちょっと頭冷やさなきゃ」

先生を思えば自然に頬が緩むので、にやけた顔を見られたのではないかと周囲を窺《うかが》う。幸いにも乗客は音楽を聴いたりスマホを弄《いじ》ったりするのに忙しく、誰も僕を気にしていなかった。

電車の速度が落ち、僕が降りる駅で停まった。下車したあとは足早に改札を通り抜け、まっすぐ先生が住んでいるマンションを目指す。

氷のような半月を見上げて吐く息は真っ白だが、寒さなんて少しも感じなかった。

――なんとかは風邪《かぜ》を引かないっていうのは本当だな。

先生にからかわれても、そのとおりだと認めざるをえない。高校三年間皆勤で、大学に入ってからも熱ひとつ出たことのない健康体だ。きっと僕があまりに色ボケしているせいで、風邪も呆れて逃げていくのだろう。

白い外壁が見えてくる。マンションまで小走りになり、正面玄関で一度深呼吸をした。

「俺」

インターホンの向こうに声をかけてすぐ、オートロックが解除される。エレベーターで六階まで上がる間に、庫内の鏡で髪の乱れを直しているとようやく六階に到着した。

エレベーターを降りたら、十五歩ほどで先生の部屋の前に立つ。インターホンのボタンを押しても返事がない代わりに、ドアが開錠《かいじょう》される音が耳に届いた。

ドアは中からゆっくり開く。

「先生、会いたかった」

やっぱり僕は毎度同じ台詞を口走ってしまい、先生を渋面にさせた。本当はすぐさま抱きつきたいけど、以前、他の住民に見られていたらどうすると注意されたので我慢してドアの中へと身体《からだ》を入れた。

「来るなら朝にしろ――って言ったところで無駄なのはわかってるが、ドアを閉める前に口を開くな」

もっともな忠告に、慌てて唇を結ぶ。自分では極力声をひそめたつもりでも、先生を前にしてちゃんと小声になっているかどうか自信がなかった。

「ごめん」

謝ると同時に、先生に抱きつく。ドアを閉めたのだからもう大丈夫だろうと思ったのだが。

「離れろ」

冷やかな口調で一蹴《いっしゅう》された。でも、僕にだって言い分はある。

「寂しかったんだ。これくらい許してよ。先生は一週間、少しも寂しくなかった？」

指折り数えて土日を待っている。けじめをつけたいという先生の意向を汲《く》んで平日は互いに仕事や勉学に集中すると約束したのは、僕が大学に合格した日だった。先生の申し出は、一緒に住めると期待していた僕としては少なからずショックを受けるものだった。一方で、先生の立場も理解できるし、駄々を捏《こ》ねて困らせたくないので承知するしかなくて、いまも渋々約束を守っているのだ。

「おまえの場合、これくらいですまないから言ってるんだろう」

先生が、僕の頭を小突く。

そんなことないって反論できるものならしたかったけど、所詮《しょせん》僕は誘惑には弱い。誰より好きなひととやっとふたりきりになれて、平静でいろと注意されても無理に決まっている。

「……先生」

パジャマ姿の先生の首筋で、くんと鼻を鳴らしてたまらない心地になる。風呂上がりの先生からほんのりとボディソープとシャンプーの匂《にお》いがして、僕はいっそう強く抱きついた。

「おまえは――」

呆れ口調の声を聞けば、恥ずかしくなる。でも、我慢がきかないのだからどうしようもなかった。

ごめんと謝る一方で、一週間もお預けされていたのだから当然と開き直る気持ちもある。好きなひとと一緒にいて、肌《はだ》の匂いを嗅《か》いで、普通に接することができるほど僕は枯《か》れてない。

「おまえ、腹減ってるんじゃないのか」

いつも先生は僕のために夜食を用意してくれている。そういう優しさがなにより嬉しい――けど、いまは食事以上に欲しているものがあるから、胸も腹もいっぱいだった。

「うん。減ってる……でも」

上目遣《うわめづか》いで見ると、しょうがない奴《やつ》と言うように先生はまた僕の頭を小突いてから身体を離した。拒否するためではなく、寝室に移動するためだ。

寝室のドアを開ける先生の背中を目にしただけで、心臓は壊れそうなくらい脈打ち始める。先生のベッドは何度も使ってきたし、そこでいつもふたりで眠っているのに、いまだ初めてのときみたいに緊張する。

以前、モラリストだと言った先生の言葉はそのとおりで、僕が二十歳になるまでキス止まりで、いくら先に進みたいと誘っても断られてきた経緯があるためなおさらなのかもしれない。ずっとお預けされたら、誰だってがっついてしまうに決まっている。

「先生」

ジャンパーを脱ぐと、キスしたくて顔を近づけた僕の胸を、先生がぐいと押した。ベッドに倒れた僕は、上から見下ろされて羞恥《しゅうち》と期待で身体じゅうが熱くなった。

きっと物欲しげな顔をしているのだろう、先生は困った奴とでも言いたげな表情になる。実際に言われたこともあるが、そのあとは必ずどこか優しげなまなざしを向けてくれるので僕はますます図に乗ってしまう。

先生の唇《くちびる》が近づいてくる。舌先で舐《な》められただけで、甘い痺《しび》れが背筋を駆け上がっていった。

「……ん」

口を開けて、もっと深いキスをねだるとすぐに望みは叶う。室内に響く濡《ぬ》れた音とふたり分の吐息《といき》を聞きながら夢中になってキスをするが、もちろんすぐに足りなくなった。

熱くなった身体を捩《よじ》り、先生の脚に腰《こし》を押しつける。

「先生……触って」

我慢できずに請うた僕に、先生がくすりと笑った。

「おまえは本当に我慢がきかないな」

目を細めて揶揄されても、羞恥心より欲望のほうが勝る。先生とキスして理性を働かせるなんて無理だし、先生の息が普段より少し乱れているからよけいに気が急《せ》いた。

「うん……我慢、できないんだ」

昂揚《こうよう》のために潤《うる》んだ目を先生に向けたとき、切なく疼《うず》いている僕の中心が手のひらで包み込まれた。ジーンズの上からやわらかく触れられて、僕は胸を喘《あえ》がせる。

「先生……先生」

布越しの刺激がもどかしい。段階を踏む余裕なんてない。

「直接触ってほしいのか」

先生の問いに頷いた僕は、身体の中で暴れ回る欲望に耐え切れずにベッドから上体を起こすと、体勢を変えた。

「おまえな」

またかとでもいうように、先生がため息をこぼす。最初はゆっくりしようと思っていても、結局いつもこうなる。

ベッドに横たわった先生のパジャマの釦《ボタン》を外す余裕もなく捲《まく》り上げると――震える手で自身のジーンズの前をくつろげた。

僕の性器は硬く勃《た》ち上がっていて、すでに先端には蜜《みつ》が滲《にじ》んでいる。恥ずかしいけど、恥じらっている余裕もない。

「先生っ」

肩で荒い息をつきつつ、引き締まった先生の腹に中心を押しつけた瞬間、気持ちよさに濡れた声がこぼれた。先端を何度か擦《こす》りつけてから、先生のパジャマのズボンを引き下げた。先生のものが頭をもたげていることにほっとし、僕のと一緒に両手で包み込む。先生の熱に触れたときにはもう僕は限界で、二、三度擦っただけで射精してしまった。

「あ、あ……ぅ」

当然、一度いったくらいでは満足できない。僕の吐き出した精液で濡れた自分と先生のものがさらなる呼び水となって、言いようのないほどの昂奮を覚える。

ぬるぬると滑りのよくなった手をさらに動かし、またキスを再開して快感を追いかけた。

「ん……先生、気持ち、いい」

先生は僕の好きにさせてくれる。初めてキス以上の行為に及んだ日から今日まで自制できたためしはないので、おまえは「待て」のきかない犬みたいだと呆れられている。

僕に言わせれば、先生だって悪い。普段は素っ気ない先生の、微《かす》かな表情や声の変化が僕を暴走させるのだから。

「先生は？　いい？」

上唇と下唇を交互に食《は》みながら問う。

「見て、わからないか」

先生は片笑《かたえ》み、僕の前髪を掻き上げた。

「わかる、けど、口で言ってほしいかなって」

「俺は、おまえみたいになんでもかんでも曝《さら》け出したりしないんだよ」

「それも、知ってるけど」

徐々に手の動きを速くした。快感に眉《まゆ》をひそめた先生が色っぽくて、噛《か》みつくようなキスをする。激しく舌を貪《むさぼ》り、手を動かし、今度はほとんど同じタイミングで達した。

「あぁ……」

脳天が痺れるような絶頂に、束の間我を忘れる。その間も、短い息をつく先生の表情を覗《のぞ》き見ることは忘れない。

普段は格好いい先生が、この瞬間はやけに可愛《かわい》く思える。それ以上に愛《いと》しさが募って、満たされるどころかいっそうの欲望に駆られるのだ。

もっと、もっとと身体じゅうで欲してしまう。

欲求に任せ、先生の腹に口づける。どっちのものかわからない——きっと混じり合っているだろう、絶頂の証《あかし》を舐め取った。

「里見」

先生の声に微かな非難が混じっても、構わず舌を這《は》わせていった。そのまま性器に口を近づけたが、触れる前にぐいと頭を押し返された。

「なんで」

フェラくらいさせてくれてもいいのに、と言外に不満をこぼす。先生はその質問には答えてくれず、寝室の外を指差した。

「さっさと風呂に入ってこい。チャーハン、温めておいてやるから。それとも、俺の作ったチャーハンを無駄にしようって？」

「まさか！　食べるに決まってる」

先生は料理もひと通りできる。先生の作る高菜チャーハンは僕の好物のひとつだ。

でも、その前にどうしても話しておきたいことがあった。

「先生……あのさ」

ベッドから下りた先生を呼び止めると、何度か唇を舐めてから勇気を出して切り出す。

「もうちょっと、しない？」

いま考えついたわけではない。ずっとそうしたくて、切り出すタイミングを窺っていたのだ。

先生は黙っている。

「キスして触り合うのもいいけど、俺……先生ともっとちゃんとしたいんだよね」

じつのところ、口での行為も未体験だった。僕が舐めようとしたとき、そこまでしなくていいと先生に止められたからだ。ちょうどいまみたいに。

そのときは、自分ががつがつしているみたいで恥ずかしくなってやめたが、先生の言葉に納得したわけではなかった。僕は、できる行為は全部したいと思っている。他の同性同士のカップルがどこまでしているか知らないけど、先生とすべてを分かち合いたい。身も心も溶け合いたい。そう望むのは、僕の我《わ》が儘《まま》なのだろうか。

「それで、これなんだけど」

僕は床に脱ぎ捨てたジャンパーに手を伸ばし、ポケットの中から紙袋を取り出した。買ったのはずいぶん前だが、なかなか出せずにいた。

僕が紙袋の中から出したワセリンを一瞥《いちべつ》した先生は、ひょいと肩をすくめた。

「なにかと思えば」

どうやら先生にとってはそう重要な問題ではなかったらしい。

「俺たち、触るだけしかしてないから、なんでかなって」

勇気を出して聞いた僕に、苦笑いを浮かべた。

「それで十分だからと答えるしかないな。ちゃんとっておまえは言うが、そんなのはひとそれぞれだ。他人がそうだからって、倣《なら》うことはない。おまえのことだから、どうせネットででも調べてみたんだろう。ネットのネタを鵜呑《うの》みにするな」

「…………」

図星を指されて僕は黙り込む。聞ける相手がいないのだから、先生の言ったとおり情報源はすべてネットだった。

ネットが教えてくれたのは、セックスのやり方だけではない。同性愛者の葛藤《かっとう》や、カップルの問題等いろいろ目を通しているうちに、自分たちのような立場の人間が社会的マイノリティと呼ばれるものだと知った。

僕自身は、そういう感覚はない。

同性愛者は確かに少数だし、親にもなかなか打ち明けられないのはそのとおりだが、社会的マイノリティという単語はしっくりこなかった。

僕が先生を好きになったのは、先生が魅力的なひとだからだ。それ以上の理由はない。自分がゲイだという感覚も薄い。もっとも、これまで他に好きになったひとがいないからそう思うだけなのかもしれないが。

「そうだね」

僕は手にしていたワセリンを放り投げた。先に進みたい気持ちが消えたわけではないものの、無理強いしたいわけではない。先生が厭なら、僕は合わせるだけだ。

それにしても、いまの行為はちょっと焦りすぎた。僕が靴《くつ》を脱いでからまだ二十分しかたっていなかった。自分が急いてしまったせいで服すら脱がずにあっという間に終えるはめになったことを反省しつつ、先生のいなくなった寝室でため息をついた僕は、ジーンズだけ脱いで、ジャンパーと一緒に両手に抱えるとバスルームへ向かった。

脱衣所のチェストには、僕の下着とパジャマが常備してある。先生の部屋に僕のものが増えていくのが嬉しかったはずなのに、いまは単純に喜べない。

「あー……一緒に暮らしたいなあ」

駄目と言われるのはわかっているし、先生を困らせたくないので口にしたことはないが、いまでもその希望はまだ捨ててはいなかった。

週末だけじゃなく、いつか一緒に暮らせるだろうか。もっと自分がしっかりして、大人になれば先生の考えが変わる日が来るだろうか。

悶々《もんもん》としながら風呂をすませてパジャマに着替えた僕は、先生の待つリビングダイニングに顔を出した。

「相変わらず烏《からす》の行水《ぎょうずい》だな」

テレビからはスポーツニュースが流れ、テーブルの上には高菜チャーハンと中華スープが用意されている。それを目にした途端《とたん》、ぐだぐだだった思考は吹き飛んだ。

僕の悩みなんてその程度だ。先生と一緒にいるのに、あれやこれや考えていたってしょうがない。

「わ～、うまそう。いっただきます」

席に着くと、早速スプーンを手にする。

向かいの椅子《いす》に座った先生は、缶ビールを片手につき合ってくれる。僕がこの一週間の出来事を捲し立てるように話して、それを先生が聞くのはいつものことだった。

「でさ、杉村は北嶋の気を引くために合コンの話ばっかりしてるんだよ。切ないよね。まあ、そのたびに誘われるから、俺としては迷惑でもあるんだけど」

先生が缶ビールを左右に振った。

「まあ、おまえはアイドル顔だからな。女子の気を惹《ひ》くには便利なんだろう」

アイドル顔という評価に微妙な心境になる。僕の中で大人とアイドルは反意語も同然だ。

「あ」

僕はスプーンを置き、身を乗り出した。

「断ってるから！　俺、一度も合コンなんて行ってない」

勘違いされたくないので慌てて否定したが、先生は気にもしていない様子でプロ野球ニュースに横目を流した。贔屓《ひいき》にしている球団の情報が終わると、また僕に視線が戻る。

「断ってばかりだと、つき合い悪い奴だって思われて誘われなくなるぞ」

しかも、予想とは真逆の答えが返ってきた。

「断るよ。参加するわけないじゃん。俺には先生がいるのに」

いくら先生の言葉でも、これぱかりは納得できない。先生の口から合コンを勧めるような台詞を聞くなんて思わなかった。言外に責めると、さらに先生の話は意図《いと》しないほうへと向かう。

「その場だけ適当に話を合わせておけばいいっていう意味だ。というか、おまえ、友だちとのつき合いは、ちゃんとしてるのか？　土日のたびに俺の部屋に来てないで、友だちと出かけろ」

「え、それって――」

先生より友だちを優先しろという意味だろうか。貴重な土日を友だちにつき合っていたら、いま以上に会える日が減るのに、そうしろと言うのか。先生はそれでも平気だと……。

半信半疑で先生をじっと見る。

「俺が言っているのは、学生時代には学生時代のつき合いがあるってことだ。そういうのを犠牲《ぎせい》にして俺に合わせる必要はない」

どうやら僕の反応を予測していたのか、噛んで含めるような言い方をして、先生は教師なんだと思い出させる。

「…………」

先生の言いたいことは理解できる。僕のための忠告だろうこともわかっている。でも、僕にしてみれば、そのつき合いのせいで先生に会いたい気持ちを犠牲にしろと言われているも同然なので、容易《たやす》く頷けなかった。

先生との温度差を感じているせいもある。先生の想いを疑う気はないが、いまみたいに一歩引いた立場で諭《さと》されると、俺は先生のなに？　と問い詰めたくなるのだ。

俺は四六時中傍にいたいけど、先生はちがうの？

喉《のど》まで出かけた問いを呑み込む。

「拗《す》ねるな」

先生の手が頭に伸びてきた。くしゃくしゃと掻き混ぜられて、機嫌を損ねたままいるのは難しい。

同時に、先生の指先を意識する。僕に触れるときの、まるでピアノを奏《かな》でるみたいに滑らかに動く先生の指が好きだ。

慌ただしくすませた行為をまた悔《く》やみ、僕は自分の頭の上にある先生の手に自分の手を重ねた。

「拗ねてない」

その一言で仲直りをすると、先生の手が離れていったので、手持無沙汰《てもちぶさた》な気分でまたスプーンを持つ。

「先生、いつもありがとう。すごくおいしいよ」

心を込めた礼のお返しは、やわらかな笑みだった。

先生の笑い方が好き。普段素っ気ないだけに、自分だけに向けてくれる優しい表情に胸がときめく。先生がほほ笑んでくれたら、どんなにつらくてもたちどころに元気になる。

「機嫌が直ったところ悪いが、次の土日はちょうど用事がある。おまえもたまには友だちと遊べ」

「え、ほんとに？」

いまのやり取りのあとだったので、まさかわざとじゃないよなと一瞬疑ったけれど、用事があるというなら仕方がない。しつこくして鬱陶《うっとう》しがられるのも厭だ。

「わかった——あ、最後の週の土日は大丈夫だよね」

これには、ああと答えが返る。ほっとした僕は、一気にチャーハンを掻き込み、平らげた。

一月最後の土日。じつはその日に温泉旅行に行こうと計画して、アルバイト代を貯めてきた。僕の誕生日だからというのもあるが、もちろんそれだけではない。ふたりにとっても、重要な日だ。

先生は憶《おぼ》えているだろうか。

去年の僕の誕生日に、初めて部屋に泊めてくれたことを。あのとき先生に触れて、触れられて、僕は嬉しくて泣きそうになった。

先生のことがいっそう愛しくなって、感動すら覚えた。だからこそもっとと思ってしまうし、欲も出る。

その日は、断られるのを覚悟でワセリンを準備していこう。

なんて僕が考えているなんて知ったら、先生は怒るかな。

目の前で夕刊を広げた先生を窺いながら、僕はスープを飲み干した。

「ごちそうさまでした」

手を合わせた僕に、

「おそまつさま」

先生がいつもの台詞を口にする。こういうところもいいなあと思いながら、皿を手にして椅子から立ち上がった。

茶碗のぶつかる音。水の音。先生が夕刊を捲《めく》る音。

普段は意識しない、ふたりぶんの呼吸音。

それらを聞いているだけで幸せな気持ちになれる自分に照れつつ、僕は鼻歌混じりで皿洗いをした。

2

大学からの帰り道、書店に立ち寄った僕は旅行本を物色して回った。

「一泊だもんな。箱根《はこね》か、熱海《あたみ》あたりにするか」

行き先は絞《しぼ》れても、箱根も熱海も本がたくさんあって目移りする。いくつか手に取ってぱらぱらと捲ってみるが、なかなか決められずに迷ってしまう。

厚いほうが詳しくていい気がする一方で、当日観光場所でも手に取ることを考えると、嵩《かさ》張《ば》らないコンパクトな本のほうが便利なようにも思えてくるのだ。

ずらりと並んだ旅行本を指で辿《たど》り、あれこれ悩みながら書架の前を行ったり来たりしていたときだ。

「あ、すみません」

擦《す》れ違いざま肩がぶつかり慌てて頭を下げた僕は、次の瞬間、驚きに声を上げた。

「……川森《かわもり》、さん？」

まさかと思いつつ、その名前を口にする。川森さんとは、先生に連れ戻されたあの日から会っていなかった。近くに住んでいるのだから、偶然再会してもおかしくはないが、やはりまた顔を合わせるとは思っていなかった。

どうやら先方も同じらしい。

「え……まさか、里見くんか」

川森さんは丸く見開いた双眸《そうぼう》で僕を凝視《ぎょうし》してくる。そして、当時、僕を安心させてくれた人懐《ひとなつ》っこい笑顔を向けてくれた。

「大きくなったねえ。一瞬、わからなかった」

懐かしげに目を細める川森さんに、僕は頭を搔く。いろいろ相談に乗ってもらっておきながら、挨拶ひとつせずに転校したのに、少しも変わらず接してくれるところが川森さんらしい。

「マジですか。あ、そんなことより以前は失礼しました」

深々と頭を下げた僕を、川森さんはすぐに止めた。

「そんな――いいって。というか、あのときのあれは当然だったと思うし」

川森さんは察しのいいひとだ。僕が先生に恋していることもすぐに気づいてしまった。先生に逆らって嫌われたくないという僕の心情を理解してくれたのだろう。

「里見くん、もし時間あるならお茶でもしないか」

「あ、いいですね」

川森さんの誘いを一も二もなく受ける。さすがに先生ももう反対しないはずだ。

旅行本を購入するのはまたにして、川森さんと近くのカフェに場所を移した。

全国チェーンのカフェ店内は七割方埋まっている。夕刻という時間帯のせいか、客のほとんどは学生か会社員で、話し声やパソコンのキーボードを叩《たた》く音で適度にざわついていた。

ちょうど壁際のテーブルが開いたので、コーヒーを手にそちらへ向かった。

「本当に若者の数年ってすごいな」

テーブルを挟んで向かい合うとまたじっと見つめられ、僕は妙に気恥ずかしくなる。

「そんなに変わりましたか?」

たまに会う家族や友人たちや先生と反応がちがうのは、年単位で久しぶりに会うからだろうか。多少身長が伸びたくらいで、自分では変わったという自覚はなかった。

「うん。身体もだけど、顔つきがね。男の子だったのに青年になったなあって感じがする。もともと心根の強い子だって印象持ってたんだけど、それが顔にまで出てきた」

「……顔、ですか」

こういう褒められ方をする機会がないので、ますます恥ずかしい。普段先生からはガキ扱いされているし、親からも同じだ。電話があるたびに母親からは「ちゃんとやってるの」と心配されている。

「川森さんは、元気そうでよかったです。みなさんもお元気ですか」

コーヒーを一口飲んでから、そう聞いた。途端に、当時の出来事が脳裏によみがえってくる。

「ああ、元気だよ。相変わらずみんなふらふらしてて、変わりばえしない毎日だ」

自分の知ってるひとたちが、知っている場所であの頃と同じ愉《たの》しい時間を過ごしているのかと、ノスタルジーでどこか甘ったるい心地に浸《ひた》る。

出会ったばかりの川森さんを頼って通った『来夢』。そこで出会った富江《とみえ》さんや平野《ひらの》さんたち。

あの頃の僕は片想いの真っ最中で、父さんから転校を知らされ、まるでこの世の不幸が全部自分に降りかかってきたかのような気分になっていた。

「里見くんは?」

「俺、ですか?」

「うん」

川森さんがこちらに身を乗り出したので、半ば無意識のうちに僕もつられて顔を近づける。

「先生とはその後、うまくいった?」

だが、まさかこんな台詞を耳打ちされるとは予想だにしていなかった。唐突な質問に面食らい、コーヒーが喉に引っかかり咳《せ》き込む。川森さんはすぐに謝ってきたが、普通にやってますと答えるつもりだった僕は、頬が熱くなるのを感じた。きっと赤面しているだろう。

ちらりと横目で隣席を窺うと、学生らしき彼女は目の前のレポートに集中している様子だ。川森さんもそれがわかっていたから、小声とはいえ水を向けたようだった。

「え……っと」

しどろもどろになる僕に、川森さんが笑みを深くする。

「野暮《やぼ》な質問だったか。きみの顔を見たら問うまでもなかったな」

「あー……」

さっきから照れてばかりだ。僕は熱くなった頬を手で扇《あお》いで、苦笑いした。

「俺って、そんなわかりやすいですか」

この問いには、迷わずそうだねと肯定が返ってくる。ようするに単純だということだ。自分でもかなりのめり込んでいると自覚していたが、他者からそれを指摘されるとやはりばつが悪い。高校生の頃からまったく変わってないと言われているも同然だ。

「あ、でも」

カップをソーサーに戻して、川森さんを見返した。

「なんで、いまも先生だって思ったんですか？」

転校の際、僕が振られていたとは考えなかったのだろうか。もしくは距離が離れるとともに疎遠になったと。

「それはそうだろ」

川森さんは、ひょいと肩をすくめた。

「里見くん、二、三年であきらめるようなタイプに見えない。たとえ離れたって、ずっと慕い続けそうだ」

「……うわ」

いよいよ居たたまれなくなってきた。いくら頼ったひとだとはいえ、たった数回会って話したにすぎないのにここまで読まれているなんて――両手で顔を覆《おお》った僕は、羞恥心のあまり喉の奥で小さく唸《うな》った。

「褒め言葉だよ。一途《いちず》なのは素敵じゃないか」

川森さんは慰《なぐさ》めてくれるけれど、恥ずかしいことに変わりはない。なにしろ自分でも「しつこい」「重い」と常々呆れているくらいだ。

「本当だって。僕は里見くんのそういうところが好きなんだ」

ありがとうございますと返しつつも顔は火照《ほて》ったままだ。やっぱり僕は傍《はた》から見てもわかるほどしつこい男なのかと、少なからず衝撃を受ける。

「だから、当時から里見くんには幸せになってもらいたいなあって思ってたんだ」

昔同様優しさにあふれた一言に、僕は手を頬から離した。

「どうしてですか？」

僕が川森さんに懐いたわけは明確だ。が、川森さんはどうして見知らぬ高校生なんか構ってくれたのか。

「川森さん、最初から俺に気遣ってくれて――先生のことを話したときも、ぜんぜん引かなかったですよね」

普通は同性に恋してるなんて知ったら、一過性のものだとか気の迷いだとか、それとなく窘《たしな》めてもいいはずだ。

川森さんは一度もそうしなかったし、茶化すこともなかった。

「引くわけない。きみは素直でまっすぐで、むしろ羨《うらや》ましかった。いまもそうだ。ずいぶんと大人びた表情をするようになったのに、素直さはそのままなんだな」

羨ましいよ、とまた同じことを口にする。

その言葉の重みを、僕自身よくわかっていた。

高校生が同性の先生に恋をして、叶う確率なんて普通なら限りなくゼロに近いだろう。叶った僕は、やっぱり本当に幸運な男なのだ。

「俺もです。昔も川森さんにいろいろ話してすごく救われたし、いまもしっかりしようって気にさせられます」

過去の分も含めて礼を告げる。

「僕でよかったらなんでも聞くよ」

僕たちがカフェにいたのはコーヒー一杯分、時間にして二十分足らずの短い間だったが、川森さんと再会して話ができて、なんだか胸のつかえが取れたような感じがした。

「あ、そうそう」

別れ際、川森さんがなにか思い出したのか、ぽんと手を叩く。

「きみに見せたいものがあったんだ。そのうち店に遊びにきてよ」

気になる一言を残し、去っていった。

見せたいものってなんだろう。考えてみるが、まるで見当がつかない。

いずれ店に行って確かめようと決め、どこにも寄らずに自転車でアパートの部屋へ戻った。

寝に帰るだけの手狭なワンルームに先生が訪ねてきたことはない。僕が先生の部屋に行くからその必要もないが、僕自身、先生を招きたいという気持ちもなかった。

極力物を増やさないようにしている部屋をぐるりと見回す。ローテーブルとクッション、テレビ、ベッド。収納は造りつけのクローゼットのみ。

「……早くここを出たいんだ」

先生と一緒に住めたら、どんなに愉しいだろう。きっと毎日、お日様の下を歩いているような心地になるにちがいない。

「おはよう」「いただきます」「ごちそうさま」「ただいま」「いってらっしゃい」「おやすみ」

日々の挨拶《あいさつ》を先生としたかった。

「ただいま」と言った僕に、「おかえり」と先生が迎えてくれたら、きっとこれ以上ない幸福を味わえるにちがいない。まさにバラ色の日々だ。

はあ、とため息をついた僕はベッドにごろりと横になると、白い天井をぼんやりと眺める。

川森さんと会ったからなのか、高校生の頃の自分がはっきりと思い出された。

川森さんは「素直でまっすぐ」と言ってくれたが、僕の胸中は邪《よこしま》な想いでぐちゃぐちゃだった。

ちょっとでいいから僕を見てほしい、昨日より一言でも多く話したい、最初はそんな願いだった。

転校が決まったあとは、一日でも長く僕を憶えていてもらうためにはどうすればいいか、そればかり考えていたような気がする。

遠距離恋愛の最中にしても、近くにいられたら他にはなにも望まないと思っていた。

でもね、先生。

人間というのはつくづく贅沢《ぜいたく》な生き物らしいよ。

想いが通じ、近くに住めて、いまはまるで夢のようだというのに僕はどんどん欲深くなっていく。

一緒に住みたい。毎日同じベッドで眠って、ちゃんとセックスしたい。

僕が毎夜そんなことばかり想像していると知ったら、先生はどうするだろう。

天井に向けていた目を、ローテーブルの上のノートパソコンに向ける。しばらく迷ったすえ、ベッドからむくりと背中を起こして胡坐《あぐら》を搔くと、膝《ひざ》の間にノートパソコンを置いた。

無タイトルのフォルダをクリックする。いくつかブックマークしたサイト名が並んでいて、一番上をクリックした。

男同士のセックスのやり方がイラストで表されているサイトだ。アダルトショップにラブローションを買いにいく勇気がなければ、ドラッグストアのワセリンを代替品にというアドバイスに従い、僕がワセリンを購入したのは三ヶ月ほど前だった。

ひとつ下のアドレスをクリックする。

途端に、男の喘ぎ声が室内に響いた。

男同士でセックスしている動画だ。セックスのやり方を検索している際、アダルトサイトのＤＶＤ視聴コーナーで見つけたものだが、唯一、この動画だけブックマークしたのにはわけがあった。

一方の男優が先生に似ているのだ。

男の背中に両手を回した男優が喘ぐ、わずか一分足らずの動画でも、これを見たとき僕はひどく昂奮して生まれて初めてＡＶを使って自慰《じい》をしてしまった。

いや、正確にはちがう。

僕の中で男優は完全に先生に置き換えていたし、いくときは思わず「先生」と呼んでいたので、おかずはやはり先生だった。

「先生って、ほとんど声出さないもんな」

それが不満というわけではない。でも、もっといろんな表情を見たいと思ってしまうのは……欲張りな僕としては当たり前の欲求だった。

少し頭をもたげた自身に目を落とす。

なんだか後ろめたい気持ちになり、そこに手を伸ばせずにノートパソコンを閉じた。ローテーブルにそれを戻して、またごろりと横になる。首を壁側に巡らせると、カーテンの隙間から白い半月が見えた。まるでセックスのことばかりを考えている僕を嘲笑《あざわら》うかのように、月は冷たい光を放っている。

「風呂、入るか」

そう口に出してみたものの動く気になれず、しばらくの間、ぼんやりと月を眺めて過ごした。


翌日、帰りがけの大学構内でめずらしく杉村と顔を合わせる。普段は学部がちがうので滅《めっ》多《た》に鉢合《はちあ》わせることはないが、杉村はサークルの用事をすませた帰りのようだった。

「おまえが来なかったせいで、急遽《きゅうきょ》頼んだ代打があれでさあ」

僕の顔を見るや否や、愚痴《ぐち》をこぼされる。なんの話か問うまでもない。

「だから、合コンは行かないって言ってるだろ。普通の飲み会なら参加するから誘って」

苦笑とともにそう返すと、杉村が意味深長な視線を投げかけてくる。いったいなにが、と思えば、どきりとするような一言を発した。

「おまえ、女嫌いとか言わないよな」

「………」

女嫌いではないが、複雑な心境でかぶりを振った。

「まさか。そんなわけないだろ」

じつのところ自分がゲイかどうかまだわかっていない。意識する前に先生に恋をしたので、僕にとっては他の男も女も対象外になってしまっただけだ。

「だよなあ」

杉村が笑い飛ばす。

「だとしたら、彼女がよっぽど怖いとか？　合コンにも行けないほどじゃあ、この先思いやられるぞ」

これも的外れだ。先生は許さないどころか行けと勧めてくるくらいなので、怖いとか怖くないとかの問題ではなかった。つまり僕の自己満足だ。

たとえつき合いであっても合コンに参加しないのは、先生がいるからだよというアピールだと言ってもいい。空回《からまわ》りしているような気はするけれど、僕にも譲れないラインはある。

「てかさ、おまえ、北嶋の気持ちに気づいてる？」

「北嶋の？」

唐突に出てきた名前に首を傾《かし》げると、鈍いとでも言いたげな顔で杉村が舌打ちした。

「おまえが彼女持ちだって店長が言っただろ？　あの日、店長の代わりに俺が送ってったんだけど、落ち込んでたぞ」

驚いた、なんてものじゃない。杉村が北嶋を憎からず思っていることには気づいていたが、北嶋が僕をという可能性は考えてもみなかった。

いや、きっとなにかの間違いだ。

「好かれてたら、さすがに伝わってくると思うんだけど」

「おまえ、彼女しか見えなくて周りに鈍感になってるんだよ」

これについては強く反論できなかった。僕が先生しか見えないのは確かにそのとおりだし、かつては自分の片想いに必死で、先生がどう思っているかまるで気づかなかったくらいなのだから。

「たぶん杉村の勘違いだろうけど、もし本当でも、俺にはその気がないから」

杉村の手前、即座に答える。

「腹立つぜ。このモテ男が」

強めに背中を叩いてきたので、身体が前に傾いだ。ジャンパー越しだったせいで僕は平気だったが、杉村は痛そうにぶんと一度その手を振ると、じゃあなと離れていった。

門を出た僕はアパートを目指した。アルバイトの前に腹ごしらえをしようとコンビニに立ち寄ったとき、たったいま話題に出た北嶋を見かける。

路肩に停まった車から降りてきたのだ。ハンドルを握っているスーツ姿の男は親族や友人ではなさそうだ。

男は北嶋よりかなり年上のようだし、なにより北嶋自身の表情がただならぬ関係だと伝えている。どこか深刻な様子にも見え、急いでコンビニ内に入ろうとしたが、一歩遅く北嶋と目が合ってしまった。

「あ、どうも」

変な挨拶だと思いつつ、会釈をする。

一瞬、まずいとでも言いたげに眉をひそめた北嶋は、渋々僕に歩み寄ってきた。

「だから送らなくていいって言ったのに」

ため息混じりの不平は、車の男へのものらしい。

「こんなところで会うなんて、めずらしいね」

僕はその件には触れずに笑顔で応じ、その場を離れようとしたのに、当の北嶋が立ち去らずに留まる。

「店長に話があって、いまから店に寄るつもりなの」

北嶋は僕に話しているというより、自身を鼓舞しているみたいに見えた。

一呼吸してから、先が続けられる。

「私、アルバイト辞めるから――というか、大学も辞めるつもり」

「え」

唐突な話に面食らう。アルバイトはまだしも、大学までとなれば一大事だ。そういうそぶりがまったく見えなかっただけに、なにかトラブルでもあるのかと心配になる。

なにかあったのか。喉まで出かけた問いを呑み込む。無関係の自分が聞いてもいいものかと考えたからだが、意外にも北嶋から切り出してきた。

「子どもができたから、結婚するの」

「……っ」

今度は驚きすぎて声も出なかった。うっかり北嶋の腹のあたりを凝視してしまい、慌てて目をそらすような有様だ。

たったいま去っていった男の横顔が脳裏に浮かぶ。

もしかして彼が父親だろうか。

「お……おめでとう」

大学を辞めることに関しては大変だし、周囲からいろいろ言われるだろうけど、おめでたい話だ。決意した北嶋の勇気も立派だと思う。

「どうかな」

北嶋は複雑な表情で肩をすくめた。

「たぶん親は大反対するし。そもそも彼、ひと回り年上でバツイチってだけでハードル高くなっちゃうのよね」

合点《がてん》がいった。北嶋が「歳が離れていると難しい」と言ったのも、落ち込んでいるように見えたのもべつに僕に気があるからではなくて、ちゃんと理由があったのだ。自分に置き換えて、いろいろ考えるところがあったのだろう。

ははは、と思わず乾いた笑いが漏れる。

やっぱり杉村の勘違いだった。

「なにがおかしいの？」

不審げな目で睨《にら》まれて、僕は急いで頬を引き締めた。

「いや、やっぱりおめでたいよ。親御《おやご》さんを説得するのは大変かもしれないけど、好きなひとと一緒になって、新しい家族を得るんだろ？　これ以上おめでたいことがある？　それに、どんなハードルだって、北嶋ひとりじゃないし。これからは旦那《だんな》さんと、赤ちゃんと一緒に越えるんだ」

口にしながら、僕まで幸せな気分になってくる。好きなひとと家族になれていいなあと羨ましくもなった。

「そういうふうに考えて、それを平然と口にしちゃうところが里見くんらしい」

北嶋がつっと唇を尖《とが》らせる。

「あ、変なこと言ってたらごめん」

なにか気に障《さわ》ることでも口走ったかと心配になったが、そうではなかった。

「まっすぐだっていう意味。みんなが里見くんみたいな考え方ができたら揉《も》め事なんて起きないと思うけど、そううまくいかないのが世の中なのよ」

これまで可愛い印象だった北嶋が、急に頼もしく見える。僕が単純と評されるのは、こういうところなのだろう。

能天気、とも言えるかもしれない。いつかこうしたいと強く望めば、すぐには無理でも先々ではきっと叶うはず、と信じている。もちろん問題は山積みだろうけど、北嶋自身が決意したのだ。きっとうまくいく。うまくいくことを僕も願っている。

「でも、頑張ってほしいと思ってるのは本当だから」

反論覚悟で心から告げると、予想に反して北嶋はなにも返さなかった。ただ頷いて、強い意思を瞳に湛《たた》えて足を踏み出した。

「やっぱ羨ましいよ」

小さくなった背中にそう声をかけ、僕はコンビニに入った。夕食用の弁当を買い込んだあと、アパートまでの帰り道、我慢できなくなってスマホを手にする。履歴から先生に電話をかけてみると、あきらめかけた頃に呼び出し音がぷつりと切れた。

「あ、俺」

むしょうに会いたくなった。その思いを込めて、先生と呼ぶ。

『なんだ』

いつもと同じ硬い声に、僕の胸は高鳴るのだ。

「べつに用はないんだ。ただ、先生と話したくなったから」

ふっと先生が笑い飛ばした。

『この前も話したばかりだろ』

「うん。でももう足りない。毎日話したい」

本心だった。

些細《ささい》なことで構わない。季節の移り変わりを先生と実感して、他愛のない会話をして笑い合いたかった。

『なにかあったのか？』

さすが先生。僕のことをよくわかっている。

さっき、アルバイト先の女子が結婚すると聞いたんだ。お腹《なか》に家族ができたんだって。と、その言葉は心中だけに留める。

努力ではどうにもならないこと望んでもしようがない。

「なにもないよ～。本当に声が聞きたくなっただけだし。っていうか、今週会えないんだっ

たっけ。仕事なんだ?」

寂しいと声音《こわね》に込める。事実、一週間でも限界なのに二週間も空《あ》くのかと思うと、いますぐ先生のもとへ飛んでいきたいくらいだった。

『――いや』

先生にしてはめずらしく、答え淀《よど》む。歯切れの悪い返答が気になり、僕はスマホの向こうへ意識を集中させた。

ほんのちょっとの引っかかりでも、気になって電話を切る気になれない。

「じゃあ、個人的な用事なんだ?」

問い詰めるつもりはなかった。誰しも言いにくいことはあるし、僕だって先生のすべてを把握しておこうなんていう気はなかった。

『おまえには関係ない』

だが、この答えには少なからずショックを受ける。確かにそうかもしれないけど、先生の口調があまりに他人行儀で、突き放されたような気がして首の裏がひやりと冷たくなる。しかも、それは僕の思い過ごしではなかった。

『忙しい。もう切るぞ』

口早にそう続けた先生は、僕の返事を聞かずに本当に電話を切ってしまった。目の前で門を閉ざすみたいな真似《まね》は、初めてだ。

先生はどんなときでも拒絶したり否定したりしないひとなのに。

こめかみにつきっと痛みを感じて、僕は指で押さえた。動揺していると自己分析する一方で、いまのやり取りを脳裏で再現していった。

もしかしたらうっかり癇《かん》に障ることでも口走ってしまっただろうかと思ったが、実際、すぐに電話を切られたからそんな暇もなかった。だとすれば、先生の様子が変だったのは、僕と会えない理由そのものにあるのかもしれない。

いったいどんな用事なのか、こうなると気になってたまらなくなる。

先生に聞いても、きっと答えてくれない。だったら、僕も知らん顔をしておくのが一番だ。わかっているのに、その後もずっと頭にそのことが引っかかってしまう。

わざわざ「おまえには関係ない」と突き放したのは、本当は関係あるからではないのか。僕に隠したいからわざと冷たく接したのでは——一度疑い出すと、その可能性を消すのは難しい。夕飯を食べている間も、『フレンド』に出勤してからも、厭な考えは頭の隅《すみ》にずっと居座り続けた。

「なあ、合コンしねえ?」

『フレンド』のカウンターに頬杖《ほおづえ》をついた杉村が、性懲《しょうこ》りもなく誘ってくる。一時間前から降り始めた雨は徐々に激しさを増していき、店内に流れている音楽を掻き消してしまうほどになっていた。

激しい雨のせいで客足も途絶え、店内には僕と杉村のふたりだけだ。さっきまでいた店長は、十分ほど前に私用で出ていった。

「無理」

暇なせいで、何度も考えたことをまた考えながら、いつもと同じ返答をする。

「おまえ、冷たいな。友だちだろ」

がくりと肩を落とした杉村を気遣うだけの余裕が、いまの僕にはない。先生になにかあったのではないかと思えば、居ても立ってもいられなくなる。けど、先生が僕に打ち明ける気がない以上、どうすることもできなかった。

「つか、みんな冷たいだろ。北嶋もさあ。どうなってるんだよ。急に結婚するから辞めるって？　彼氏がいることすら黙ってたくせしてよお。おまえに好意を持ってるんならしょうがねえって思ってた俺の気持ち、どうしてくれんだよ」

ショックだ、と落ち込む杉村に、僕は頭の中を占めていた先生を少しだけ脇《わき》に追いやる。杉村がショックを受けているのは、北嶋に彼氏の存在を秘密にされていたからというだけではなかった。

「しょうがねえ」という一言に、杉村のひとの好《よ》さが表れている。

「合コンにはつき合えないけど、杉村との飲み会なら喜んで行くよ」

僕の言葉に、ちぇっと杉村が舌打ちをする。

「結局、野郎ふたりかよ」

「たまにはいいだろ」

気晴らしが必要なのは、杉村だけではない。僕にこそ必要だ。うちに帰っても、いまのままではまたあれこれ考えて不安ばかりが募ってしまう。

北嶋や川森さんは素直だと好意的な表現をしてくれたが、結局のところ不器用というだけだ。もっと僕が大人だったら、先生も頼りにしてくれただろう。それに尽きる。

「じゃ、男ふたりで行きますか」

杉村がそう言い、閉店後に飲みにいく約束をする。

ちょうどそのとき、ひゃあひゃあと奇声を発しながらふたり連れの若い客が店内に入ってきた。

「すっごい雨」

この雨では傘《かさ》は役に立たない。ふたりともコートの肩はびしょ濡れだ。雨は相変わらず弱まる気配がなく、アスファルトを激しく叩いている。

「いらっしゃいませ」

客に声をかけ、僕らは仕事モードに戻った。それからすぐに店長が戻ってきて、あと少しで辞める北嶋の代わりに新しくアルバイトを募集する話を聞いた。

「北嶋さんにお祝いあげなきゃな。結婚と出産。本当は送別会もしたいんだけど、その時間も取れないらしいからね」

店長は手放しで喜んでいるようだ。大学を中退することに関しても、当然の判断という認識だった。

「お母さんになるんだから頑張んなきゃなあ」

さっきも聞いた台詞を、店長はまた口にする。母親になったからには、すべてをかけて子どもを守るべきだという。

僕も同感だ――とは軽々しく言えなかった。僕には無縁の話だ。

結婚も子どもを持つこともひとつの区切りになるし、店長の言うとおり、責任感を持つきっかけになるのだろう。だったら、初めからそれらを手放している僕は、いったいなにを区切りにすればいいのか。自分が責任を負えるだけの大人になったと、いつ実感できるのか。

また先生のことに思考が戻りそうになり、無理やり振り払う。突き詰めて考えると、落ち込んでしまいそうだったのだ。

豪雨のせいでその後も客が少なく、閉店まで暇な時間を過ごす。片づけをすませて店を出ると、予定どおり杉村と居酒屋に向かった。

歩道にはあちこちに水たまりができている。そこにぶつかった雨が跳ね上がり、水たまりを避けたところで足許《あしもと》はびしょ濡れになる。

雨脚は弱まる気配がなく、いつもより人通りが少ない。いつもは煌《きら》びやかな街も今日は灰色に見える。『フレンド』から居酒屋まで徒歩五分足らずの距離だというのに、やけに遠く感じた。

「なんか、隔離されてるみたいな気分になるな」

隣を歩いている杉村が、雨に負けじと声を張った。

「映画やドラマだったら、このまま世界の終わりになっちまいそう」

杉村は案外ロマンチストなところがある。でも、確かにドラマで見たような風景だ。雨に遮断され、ここだけ明日終わってもおかしくない雰囲気に思えた。

「なあ、おまえ、明日世界が終わるとしたら、なに食う？」

杉村のおかしな質問に笑いながら、僕も乗ることにする。

「俺は——そうだな。鍋《なべ》がいいなあ」

「は？　鍋？　普通の？」

「そ。普通の」

「世界の終わりに鍋ってか？　それって、いま食べたいものじゃねえのか」

不満げな横目を流してきた杉村に、びしょびしょになったスニーカーに一度目を落としてから濡れそぼった街を見渡した。

「いまも食べたいけど、最後にも食べたいよ」

ふたりで同じ鍋を囲むと、幸せな気分になれる。夏でも鍋をしたいくらいだ。だから、最後の食卓になにを選ぶかと聞かれたら、迷わず鍋を選ぶ。

「貧乏くさいなあ。俺なら、ステーキ、焼き肉、カレーにするな」

「好きなものとりあえず食っとけ的な?」

「好きなものとりあえず食っとけ的な」

杉村らしいと吹き出す。

やっと到着した居酒屋は、雨を避けるために入った客で混み合っていた。運よくカウンター席が空いていたのでそこに腰を落ち着けると、ビールで乾杯する。

「二十歳で結婚とか、なにやってんだよ。つか、相手の男、ひと回り上だって? それってもう犯罪だろ、犯罪」

早いペースで二杯飲むと、杉村は愚痴をこぼし始めた。

「北嶋も北嶋だって。そんな親父《おやじ》のどこがいいんだよ」

僕は相槌《あいづち》を打ちながら肩を叩くくらいのことしかできないが、杉村の気持ちはよくわかる。当たって砕けていたならあきらめもつくが、まだスタートラインにすら立ってなかっただけになかなか吹っ切れないのだろう。

「つーか、おまえもだ。里見。いつも余裕って顔しやがって。どうせ彼女がおまえにべた惚れってんだろ? くそう。どいつもこいつもムカつくぜ」

もともと酒に弱いせいで、早くも据《す》わった目で睨まれる。

まさか、と僕はかぶりを振った。

「余裕なんか微塵《みじん》もないって。俺、必死だし。本当は毎日だって会いたいけど、困らせたくないから我慢してるんだ」

思わず本音を漏らすと、かかと杉村が笑った。

「ざまあみろ。年上なんかとくっつくからだ」

なんかとは失礼な。

「べつに年上だから好きになったわけじゃない。たまたま――」

「好きになった相手が年上だっただけ」

まだ途中だったのにさえぎった杉村は、僕が口にする予定だった言葉を続けた。

「そう」

ちょっと照れくさかったものの頷いた僕に、にやにやしながら杉村が肘《ひじ》で突いてくる。

「おまえって、格好つけてるのかと思ってたけど、結構ベタな奴なんだなあ」

「んだよ、それ」

格好つけられるものならつけたいが、そんな余裕すらない。先生には格好悪いところばかり見せている。

「や－、でもさ。たまにはがつんと決めたほうがいいと思うぞ。ただでさえ年齢的に不利なんだ。いつも相手に合わせてたらそのうち飽きられて、ポイって捨てられちまっても知らねえからな」

先生はそんなひとじゃない。と、心中で反論する一方、どきりとしたのも事実だ。冷たく突き放すようだった先生の声を思い出すと、また心配になってくる。

飽きられるというより、どうせ子どもだとあきらめられているのかもしれない。本当は相談したいのに、先生は僕に合わせていろいろ我慢しているんじゃないだろうか。

「たまにはさ。強引に出てみろよ」

杉村に肩を叩かれ、曖昧《あいまい》な返事をした。杉村の愚痴を聞いていたはずが、いつの間にか励《はげ》まされていた。

結局、その後も北嶋のことや将来のことをふたりで話し込み、居酒屋を出たときには深夜二時を過ぎていた。その頃には雨はやんでいて、さっきまで気にならなかった濡れたスニーカーを途端に気持ち悪く感じながら、アパートまで道を走って帰った。

先生に電話したくてたまらなかったが、時刻が時刻だったので我慢してベッドに入る。こういう日はベッドの冷たさがひどくこたえ、なおさら先生が恋しくなった。

強引に出てみろと杉村は言ったが、べつに僕が先生に合わせているわけではない。むしろ我が儘を聞いてもらっている場合が多い。

土日しか会えないなら毎日電話したいとねだったのも僕だし、客用布団《ふとん》で寝たくないと拗ねて、先生にダブルベッドを買わせたのも僕だ。

でかいベッドは邪魔《じゃま》なんだと文句を言いつつも、翌週訪ねたときにはちゃんとダブルベッドに変わっていた。

基本的に先生は優しい。だからこそ、僕も先生に我が儘を言ってほしいのだが、いまだその望みは叶っていない。

ともかく、次に会ったときは二週間ぶんの話をして、一緒に鍋を食べよう。そして、一月最後の土日、僕の誕生日には温泉旅行に誘うのだ。

そう決めた僕は目を閉じ、先生のことを考えながら眠りについた。

3

『悪い。また用事ができた』

先生からそう電話があったのは、あと二日我慢したら会えると指折り数えていた木曜日の夕方だった。

「え……なんで」

午後から休講になったため、部屋のベッドの上で漫画を読んでいた僕は反射的に起き上がり、スマホを握り直していた。

責めたわけではない。二週続けて用事があるなんて初めてだったので、心配になったのだ。やっぱりなんの用事なのかちゃんと聞いておけばよかったと後悔する。

『俺もいろいろあるんだ。聞き分けろ』

先生は子どもを宥《なだ》めるような言い方をする。

「……だけど」

『もう切るぞ』

一方的に電話を切られてしまい、僕は言いようのない不安に駆られた。

用事ができて会えないというだけならいい。そういうときもあるだろう。でも、理由すら言ってくれないのがおかしい。

一度疑い出すと止まらなくなる。先生は窮地《きゅうち》に陥っているのではないか。そのせいで僕を遠ざけているのではないか。あれこれ考えだすとじっとしていられず、意味もなく室内を歩き回った。

平日は互いに仕事や勉強に集中すると約束しているが、悠長に守っている場合だろうか。我慢できなくなった僕は、先生に電話をかけた。

留守電に繋《つな》がり、電話にも出られないのかといっそう心配になる。

どうしよう。しばらく迷ったものの、これ以上は無理だった。

ごめん、先生。約束を破ってしまうけど、どうしても心配なんだ。そう心中で詫《わ》び、部屋を飛び出す。

駅まで自転車、そこから電車で向かう十数分、僕の頭の中はぐちゃぐちゃだった。

約束を破ってしまう罪悪感と、それ以上の不安。先生が悩んでいる姿を想像すると、心配で胸が掻き毟《むし》られた。

先生の住むマンションまでやってきても、落ち着くどころではなかった。そのせいで何度もインターホンを押してしまい、開口一番、先生に「うるさい」と注意されるはめになる。

「おまえ、俺がいなかったらどうするつもりだったんだ」

もっともな問いに、

「そこまで考えなかった」

そう答えた僕を、先生が呆れるのは当然だった。

約束を破ったと責めることなく先生は中へと僕を入れてくれる。先生のあとからリビングダイニングに入ったとき、ふと、テーブルの上の大きな白い封筒に気がついた。切手もなにも貼《は》ってないのは、郵送ではなく直接手渡されたものだからだろう。

「座ってろ。いまコーヒーでも淹《い》れる」

キッチンに足を向けた先生が、僕の視線の先を辿った。かと思えば、じつにさりげない様子でテーブルから封筒を取り上げ、テレビの横に置いてあるチェストの上へとわざわざ置き直す。

さほど気にしてなかった僕も、これには引っかかった。あまりに自然だったせいでよけいに気になる。

「で？　急になんの用事だ？」

先生に水を向けられ、香ばしい匂いを嗅ぎながら僕は口ごもった。

先生が心配だったから——とは言いがたい。いや、結局、先生の顔を見て僕が安心したかっただけだ。

「顔が見たくなって」

正直に答えると、先生が苦笑した。

「ガキだな」

 何度も言われてきた言葉だが、今日はなおさら耳に痛い。ガキだから、ガキと言われたら傷つくのだ。でも、僕が先生よりガキなのは事実だから甘んじて受け入れるしかない。

「ごめん」

 コーヒーをテーブルに置いた先生が、謝った僕の髪をくしゃりと乱した。先生はいたって普通だ。いつもどおりの態度だし、僕が約束を破って突然来たことに関しても特に怒ってないように見える。それとも、取り繕っているだけだろうか。

「先生、俺——」

 迷ったすえに口を開いたとき、カウンターの上で充電中だった先生の携帯が震え出した。先生はちらりと携帯に目をやると、悪いと断ってからリビングダイニングを出ていった。ぱたりと閉まったドアを前にして、僕は胸騒ぎを覚える。電話が震えたとき、先生が出ようか出まいか一瞬躊躇したようだったのは——気のせいだろうか。

 唇を引き結んだ僕の視界に、さっきの白い封筒が入ってきた。どうしてあの封筒が引っかかるのか自分でもわからないまま、椅子から立ち上がると、チェストに歩み寄る。

 なにばかなことやってるんだ。盗み見していいかどうかなんて子どもだって判断がつくことだ。

そう思うのに、どうしても封筒から目をそらせずそこに立ち尽くしてしまう。テーブルに戻ってコーヒーを飲もう。頭ではちゃんとわかっていても、僕の中のどこかがこの封筒はきっと単なる封筒ではないと訴えてくるのだ。

「なにやってるんだ」

その場で固まっていた僕は、先生の声にびくりと肩を跳ねさせた。疾《やま》しい気持ちがあるせいで過剰反応してしまい、ばつの悪さを味わった。

「見てないから」

咄嗟《とっさ》に言い訳が口をつく。が、これは失敗だった。見ようかどうか迷っていたと白状したも同然だ。

先生は封筒を一瞥し、面倒そうに首の後ろを掻いた。

「見合い写真だ」

あまりにあっさり口にされたので、一瞬、それがどういう意味なのか理解できなかった。ちゃんと聞こえたけど、脳みそが理解することを拒否したのかもしれない。

「この前母親が来たんだ。で、置いてった。今週も会えないって言ったのは、その関係だ。おまえに話してもよかったんだが、そういう顔するだろう。よけいな波風立てたくなかったんだよ――里見、おまえ、聞いてるのか？」

「……聞い……」

聞いてると返答するつもりだったが、うまく声にならない。

先生は見合いするのか。

自分の中でその事実をどう受け止めていいかわからず、急に足許が不安定になったような錯覚に囚《とら》われる。スニーカーの中がびしょ濡れになった、あの感覚と似ていて、僕は反射的に自分の足許に目を落とした。

「里見」

先生が一歩近づいてきた。先生はなにか言おうとしたみたいだが、結局、なにも言わずに僕に背を向けて、さっきテーブルに置いたカップを手に取った。

いつもと変わらない表情に、膝まで濡れてきたような気がしてくる。身に纏《まと》っている衣服まで重く感じられて、このままでは全身水に浸ってしまいそうだった。

呼吸しづらくなり、僕は大きく深呼吸をした。

べつに見合いくらいするだろう。家族に請われれば固辞するのが難しいというのもよくわかる。年齢が年齢だから、先生のお母さんの気持ちも理解できる。

それほどショックを受けることではない。

自分に言い聞かせて、僕は重い足を踏み出した。

「見合い……か。確かに、そういう話が出るのは当然だよね」

やっとの思いで僕がそう言うと、先生は肩をすくめた。

「まあ、そうだな。同期だと子どものいる奴も少なくないし」

「あー、そっか。だろうね」

先生の声も自分の声も、耳を素通りしていく。自分でなにを言っているのか、ちゃんと理解しないまま、言葉を紡《つむ》ぐ。

「大変だね。先生は先生だから、よけいにしがらみ多そう」

はは、と笑ってみた。冗談っぽくしたかったからだが、うまくいかなかった。

息が苦しい。

見合いくらいと思うのに、なんでと先生を責めたい気持ちが込み上げる。

なんで見合いなんかするの。断ればいいじゃん。俺がどう思うか、考えないんだ？　それとも、俺なら簡単に言い包《くる》められるとでも思ってる？

先生を罵倒《ばとう》できないぶん、言葉が身体じゅうを駆け巡る。

唇の裏側に歯を立てたとき、がしゃっと大きな音がした。先生がカップをテーブルに乱暴に置いたせいだった。

先生は苛立《いらだ》っているのか、眉間《みけん》には深い縦皺《たてじわ》が刻まれている。

「おまえ、なに俺の機嫌窺ってるんだよ」

声音にも、険が混じる。先生が不機嫌になっただろうことは十分伝わってきた。

「え。べつに……」

必死に笑顔で取り繕おうとする半面、理不尽な気がしてくる。僕はなにもしてない。見合いしようとしているのは先生じゃないか。そう叫びたい衝動に駆られるが、懸命に我慢する。なにを言っても、先生がそういう年齢で、僕が無力だという事実は変えられないのだから。

作り笑いを貼りつけたままでカップをテーブルに戻すと、僕は足をドアへと向けた。

「急に来てごめん。帰るね」

こうなると、すべてを疑わしく感じ始める。けじめがつかなくなるから平日は駄目と先生が言ったのは、僕と毎日顔を合わせたくないからじゃないのか。

先生の気持ちを疑ったことはないけど、自分が重いという自覚はある。先生が僕を重いと思っていたとしても、少しも不思議ではない。

「ああ、帰れ。帰ったら、どうせ『先生は冷たい』ってひとり落ち込むんだよな」

まさにそうするはずだったことを指摘され、激情でかっと頬が熱くなる。

「それは……先生がっ」

見合いなんかしようとするからだ。喉まで出かけた言葉をぐっと呑み込む。責めたってしようがないことで先生を非難するのは、間違っているからだ。

でも、先生はそう受け取らなかった。

「言いたいことがあれば言えばいいだろう。恨《うら》めしそうな目で見られるより、はっきり言ってくれたほうがよほどいい」

反論できないだけに、恨めしそうな——という表現は胸に痛かった。先生は僕を傷つけようとしているとしか思えない。

先生を振り返る勇気がなくて足許に目を落としたまま、貼りついたみたいになかなか動いてくれなかった唇を解《ほど》いた。

「……先生は、俺が重い？」

とうとう聞いてしまった。この台詞だけは絶対口にはすまいと決めていたはずなのに、どうしても聞かずにはいられなかった。

「い……」

いまのなし！　すぐに訂正しようとしたが、それより早く先生の答えが返ってきた。

「ああ、重いな」

ずしんと、なにかに心臓を貫かれたみたいな衝撃を受ける。わかっていたはずなのに、自分で想像するのと実際先生に聞かされるのでは大違いだと実感した。

「あ……だよね。そりゃそうだ」

なに笑ってるんだろう。なにもおかしくないのに、勝手に笑いがこぼれ出る。

「笑い話をしているつもりはないが」

先生の言うとおりだ。僕だってそのつもりはない。でも、どうしても笑ってしまう。

「うん。わかってる。あ、でも……ちょっと、用事思い出したから、俺、帰るね」

「また連絡するね。お邪魔しました」

「里見――」

きっと僕はいま醜《みにく》い顔をしている。先生に顔を見られたくなかった。僕は先生の声をさえぎると、踵《きびす》を返し、そのまま玄関に向かった。スニーカーを履《は》く間もじっとしていられず踵《かかと》を踏んで、ドアの外へ飛び出した。

逃げたのだ。

一刻も早くマンションを離れたくて、足早に駅への道を進む。目は足許を睨んだまま上げられなかった。

たぶん、いまでなければこれほどショックは受けなかったのだろう。見合い写真を見て、「重い？」と聞いた自分が情けなかった。先生の答え以上に、それに過剰に傷ついてしまった自分に動揺した。

ようするに僕は、先生がお見合いをするのは周囲の事情や家族のためではなく、自分が「重い」せいだと考えてしまったのだ。

だから顔を見られたくなかった。

なんで笑ったのか、やっと気づく。笑ってないと、泣きそうだったのだ。

先生はなにか言おうとしていた。僕が聞きたくなくて逃げたと、たぶん先生は気づいているだろう。

「みっともな……」

顔をしかめ、僕は歩みを緩めた。本当はすぐにでも引き返したかったけど、あまりに格好悪くて、いまはまだ先生の前に顔を見せる勇気がない。

ふいに、ジャンパーのポケットの中でスマホが震えていることに気づく。先生かと思ってどきりとしたが、そうではなかった。

「川森さん」

先日再会した際、番号交換をした。

『里見くん、木曜日はアルバイト休みだって言ってたから、もしかして時間があるかなって思ったんだ』

川森さんの背後から賑《にぎ》やかな客の声が聞こえてくる。懐かしい光景が浮かんできて、僕は少し苦い気持ちになった。

あの頃とあまり成長してない自分に、だ。もう高校生じゃないし、片想いからも卒業したというのに、いまだ同じことをくり返しているような気がする。

『渡したいものがあるって言ったの、憶えてる？　もし時間あるなら、いまから来ないかな。もうお酒も飲める歳だろ？』

どうしようかと迷ったのは短い間で、僕は川森さんの誘いを受けた。渡したいものが気になったというより、頭を冷やしたかったのだ。いまアパートに戻ったところで、落ち込んで鬱々《うつうつ》とするのは目に見えている。

『行きます』

僕は電話を切ると、アパートに向かうのとは別の電車に乗って懐かしい『来夢《らいむ》』を目指した。

『来夢』の周辺はまったく変わっておらず、当時のままで、外観を目にした途端僕は高校生の頃に戻ったような錯覚に陥った。

必死で片想いしていた頃だ。

あの頃には、いまのような状況は想像していなかった。告白するつもりがなかったから、恋が叶うとも思っていなかった。

先生のおかげだ。先生が僕の気持ちを察して、ちゃんと向き合ってくれたおかげでいまの幸せな日がある。

なのに僕ときたら……。

先生を置いて逃げてきてしまった。

自己嫌悪にため息をつきながら、『来夢』のドアを開ける。ドアベルの音がまた懐かしく、僕は感傷に浸った。

「里見くん！　待ってたよ」

テーブル席で客と談笑していた川森さんが、立ち上がる。

「こんばんは」

当時見知った顔がないかと、数人いる客を見ていったが、記憶にあるひとはいなかった。

「富江や平野たちは今夜来てないんだ。ていうか、だから里見くんに電話かけたわけ。あいつらいると、また面倒くさいし」

目をぐるりと回した川森さんがカウンター席を指差したので、僕はそっちに腰かけ、ジャンパーを脱いだ。

「ビールでいい?」

そう聞かれて、コーヒーを注文する。頭を冷やすのが目的なのに、酒を飲んでしまったら元も子もない。

「里見くん、下戸《げこ》?」

「ってわけじゃないんですけど、ちょっと今日はやめておこうかと」

「そっか。じゃ、酒はまたの機会に」

理由も聞かず、強く勧めてこないところが川森さんだなと思いつつ、それとなく店内に視線を巡らせる。まるでタイムスリップしたみたいに、僕が出ていったときのままだ。

木のテーブル、カウンター席、壁のパネル。

いや、変わったところを見つけた。雪景色《ゆきげしき》の写真と冬山の写真は、当時見た憶えがなかった。

「ちょっと前から登山に凝《こ》っててね。登山って言っても、近場なんだけど」

僕がどこを見ていたのか察し、川森さんがそう説明してくれた。写真を撮《と》り続けている川森さんを、純粋にすごいなと思う。

僕が写真を撮ったのは高校の文化祭のときだけだったし、じつは、先生ももうやめている。というのも、写真部から新しくできたパソコン部の顧問に変わったからだ。

若いというだけでいいように使われる、と先生は愚痴をこぼしていた。

——写真部の顧問《こもん》になってカメラを買ったくらいだ。

その言葉どおり、現在、僕の借りたカメラは埃《ほこり》を被っている。僕を撮ってくれたあのときの『青』も、いまは寝室に設《しつら》えてある本棚の横に立てかけたままだ。

飾りたいから欲しいと申し出たけど、却下された。どうやら先生は、足達《あだち》とできていると いう噂《うわさ》を払拭《ふっしょく》するために『青』を出展したらしい。あとは、たぶん僕を安心させるため。

先生の目論見《もくろみ》は成功し、僕の心配は減った。先生は恋人持ちだとみなが認識したおかげで、悪い虫が寄ってこなくてすむ。

「里見くん、写真は?」

川森さんが淹れたてのコーヒーを手に、隣に腰かけてくる。いい香りを嗅いでから、僕はカップに口をつけた。

「あのときだけです」

文化祭の出展物に写真を選んだのは邪な理由だったので、決まりの悪さに首をすくめると、

「残念だな」

本気でそう思っているのか、川森さんが頭を横に振った。

「里見くんの写真、好きだったのに」

川森さんみたいに本当に写真が好きで撮っているひとにそんなふうに言われて、自分がますます不純に思えてくる。僕にとって写真は、先生に近づくための手段でしかなかった。

「写真ってさ。嘘《うそ》がつけないんだよ。本人は取り繕っているつもりでも、瞬時に心情を映してしまう」

だから、川森さんの撮る写真は優しさにあふれているのか。僕は壁のパネルに目をやった。

「撮り手もそうなんだけど、僕が言っているのは、被写体のほう」

こっちも、なるほどと納得できる。きっと撮り手と被写体は共鳴するところがあるのだろう。

「で、きみに来てもらったわけなんだけど」

「え……」

いまの話がどう繋がるのかわからず、パネルから川森さんに視線を戻すと僕は首を傾げた。

川森さんはやや芝居《しばい》がかった手つきで、シャツの胸ポケットに右手をやる。ポケットから出したのは——写真だった。

「じつはこれ、ちょっとした意趣返しのつもりで撮ったんだ」

「意趣返し、ですか?」

ますますわけがわからないが、写真に俄然《がぜん》興味が湧《わ》いた。ゆっくりとカウンターに置かれたそれを目にした途端、僕は睫毛《まつげ》を瞬かせた。

「これ……先生?」

窓越しの被写体は、まさしく先生だ。いったいいつ川森さんはこの写真を撮ったのだろう。唖然《あぜん》とする僕に、真相が語られる。

「彼が、ここに乗り込んできたときがあっただろ? もう二度と来させませんって宣言されて、僕もちょっとかちんときてさ。咄嗟に店の中から撮ってやったんだ」

そういうことか。

どうりで顔が険しいわけだ。先生の苛立ちが——もちろん僕のせいだったのだが——写真を通して伝わってくる。

「そして、二枚目」

「…………」

はっとして、息を呑んだ。川森さんがカウンターテーブルに置いた二枚目の写真は、一枚目とはまったくちがうものだった。厳しい顔をした一枚目の表情とは打って変わって、先生の横顔は優しい。そこには安堵《あんど》も浮かんでいる。

先生の視線の先にいるのが誰なのか、問うまでもなかった。

「こんな顔見せられたら、降参するしかないよなあ。ちょっとした意地悪のつもりだったのに、おかげで捨てられなくなった。いつかきみに渡したいと思ってたんだけど、今日、それができてよかったよ」

川森さんの言葉に、僕は返答すらできない。自分の知らないところで先生が僕をこんなまなざしで見つめていたのか。そう思うとたまらない気持ちになり、胸の奥が熱くなった。

「俺……自分ばかりが必死なんだって思ってた」

大人になれば、きっと落ち着いた恋愛ができるはずだと思い込んでいた。だから、早く大人になって先生に追いつかなければ、と。

裏返せば、自分ひとり欲張りで、少しも欲しがるそぶりのない先生を物足りなく感じていたということだろう。

心のどこかで、もっと先生に必死になってほしいと望んでいたのかもしれない。

でも、それは間違いだった。

欲しがるだけが必死な恋じゃない。相手のことを想って、見守る恋だってちゃんと真剣な恋なのだ。

「うん。ちがうだろうね。大人って厄介《やっかい》なんだよ。大人だからちゃんとしなければって自制心が働くし。でも、年齢なんて関係ないんだよな、本来は。だから、一瞬、ぽろっと本音が顔に出てしまう」

川森さんに諭されるまでもない。僕が見たことがない表情をしている写真の中の先生の顔には、はっきりと情が映し出されている。

愛しいと、その目に表れている。

いくら鈍い僕だって——いや、僕だからこそ誰よりそれがわかる。

先生はあの頃からちゃんと僕を好きで、大事に想ってくれていたのだと。

「……川森さん。俺、帰ります」

僕は財布を取り出しながらスツールから立ち上がった。

「きみの健闘を祈って、コーヒーは奢《おご》り」

ひらりと手を振ってそう言ってくれた川森さんに一礼すると、財布の間に写真を挟んでから『来夢』をあとにした。

いますぐ先生のもとへ行きたいが、先刻の自分の行いを考えて、ぐっと堪《こら》える。感情に任せて行動するから、視野が狭くなるのだ。

駅まで歩く傍ら、僕はスマホを取り出した。

多くの言葉は必要ない。たった一言でいい。

——会いたい。待ってるから。

僕はそれだけ打ち込むと、深呼吸をしてから送信ボタンを押した。あとは、送った言葉のとおり、何日かかってもいいから先生の連絡を待つだけだ。

「できるだけ、早いほうが嬉しいけど」

ぽつりと漏《も》らし、足早に駅を目指す。現金にも心なしか足が軽いような気がする。

夕刻の空には凍雲が張り出していて、そういえば夜には雪になるという予報だったと思い出したが、寒さはまるで気にならなかった。

むしろ胸が——身体じゅうがぽかぽかとしていた。

僕の望みは駅に到着する前に叶った。

手に握《にぎ》っていたスマホが震え出し、慌ててメールをチェックする。先生からとわかったときには、心臓がきゅうと締めつけられた。

「——暇なら来い」

そこに記されている文面を声に出して読み上げると、僕はぎゅっとスマホを握り締めてアスファルトを蹴《け》った。

駅まで全速力で走り、電車内でもそわそわと落ち着かなかった。もしかしたら、初めて先生の部屋を訪ねたときよりも緊張しているかもしれない。

心臓の音を聞かれてないかと、時折周囲を窺うくらいだった。

永遠にも思える数十分に耐え、電車を降りた僕は一秒でも早く顔を見たい一心でそこからも全力疾走《しっそう》した。ようやくマンションに着き、オートロックを解除してもらってエレベーターで部屋へ向かう間も感情が昂《たかぶ》って、泣いてしまいそうになった。

ドアの前でインターホンを鳴らすと、いつもどおり、返事もなく鍵《かぎ》が開く。その意味に、僕はいまさらながらに気づく。

オートロックを解除した時点で、先生は僕を玄関で待っていてくれているのだ。それに思い当たったとき、僕はもう我慢できなかった。

「先生」

開いたドアから先生の姿が見えた途端、中に入って、込み上げる熱い衝動に任せて抱きつく。

なにがあったのかと先生は聞かない。ただ、僕の背中に右手を添えてくれた。

「俺……先生が好きなんだ」

先生はモラリストだ。だから二十歳まで僕に触れなかったし、触れさせなかった。先生は教師という仕事に誇りを持っているし、たぶん、先生のモラルからすれば教え子と恋愛関係に陥るなんて、考えられなかったにちがいない。

その先生がモラルを曲げて、僕を選んでくれた。

「わかってる」

先生の返答は一言だ。

いままでと同じ、いつもと同じ。それがいかにすごいことか。

「先生、俺……先生のことがすごく好き」

なんとか耐えようとしたけど、やっぱり無理だった。鼻をすすった途端、涙がぽろぽろと流れ落ちた。

「ばかだな」

泣き出した僕を、先生が笑う。それが嬉しくて、また僕は泣いた。

「うん。俺、ばかで重くてしつこいけど、先生を好きな気持ちは誰にも負けない」

また子どもっぽい言い方をしてしまったと少しだけ後悔していると、先生もそう思ったのか、僕の耳のあたりでため息をついた。

「おまえが重くてしつこいのは、いまさらなんだ。俺がそのくらい覚悟してなかったとでも思っているのか」

「――てない」

すぐにかぶりを振った。日頃あまり自分の気持ちを口に出してくれない先生の言葉は、その一言一句が僕の耳と胸に染み込んでいく。

「けど、いくら覚悟ができてたって、それは俺自身の話だ。おまえに関してはちがう。もしおまえがこの先離れたいと望んだら、俺は手放さなくちゃいけない。なぜなら俺はおまえよりずっと年上で、先生だからだ」

うん、と僕は頷く。

先生の言葉に賛同したわけではなく、そんなことを考えていたんだなとわかったためだ。

でも、先生。そんな心配は不要だよ。僕の望みは昔もいまも、この先だって、先生の傍にいることだって断言できるから。

「逃げ道を作っててやりたい——って、そのつもりだったんだが」

両腕で強く先生を抱き締める。いつも格好いい先生が、今日は一段と可愛く思えた。

「そんなのいらない」

同時に、もうひとつ重要な過《あやま》ちに気づく。僕にとって先生は、何年たっても先生だと思ってきた。

先生は僕の先生だから、どんなに重くても見捨てないよねと無意識にプレッシャーをかけていたような気もする。

本当はもうそんな繫がりはいらなかった。

僕と、僕の好きなひと。それで十分なのだ。

「俺は、ずっとあなたに恋してるんだ」

知之さん、と初めて名前を呼ぶ。

先生の肩が小さく震えるのが伝わってきた。

「知之さん」

もう一度、はっきりと声を張って名前を口にすると、先生が厭そうに舌打ちをした。

「なんだ、それは」

いままでの僕なら、先生が厭そうに見えるっていうだけであきらめていただろう。先生の機嫌を損ねないことが、僕のすべてになっていた。

「うん。今日から呼び方変えようと思って。僕のことも、和秀《かずひで》って呼んで」

だけど、もう大丈夫。怒ったように見えても、多少機嫌が悪くなっても、先生は僕をちゃんと受け止めてくれるのだ。

「断る」

「え」

てっきり今度も許してもらえると高《たか》を括《くく》っていたら、即座に拒否された。

「なんで。和秀って呼んでくれてもいいじゃん」

「厭に決まってるだろう。なに、急に気持ち悪い提案してるんだ。俺は、なんと言われても呼ばない」

「俺は呼ぶ。絶対呼ぶ」

「だから、おまえは——好きにすればいい」

ふいと背《そむ》けられたその頬が、少しだけ赤く染まっているのがわかった。僕はそれだけで舞い上がってしまい、何度も知之さんと口にして先生をしかめ面にさせた。

当然、気持ちだけではすまない。

「……ごめん。気にしないで」

なんとかやり過ごそうとするが、先生とくっついているのだから所詮無理な話だ。先生もきっと僕の身体の変化に気づいているだろう。そう思うと、おさまるどころか、ジーンズの中が痛いほど張り詰める。

冷静になろうと心中で一から順に数を数えていってもどうにもならない。全神経が、自分の中心と密着している先生に向かってしまった。

自分の空気の読めなさが厭になる。たまには格好つけたかったのに、即物的な僕は結局この有り様だ。

「これを、どう気にしないようにしろって？」

「う」

思わず声が漏れた。先生の手が僕のそこを握ったからだ。その刺激だけであやうく下着を汚しそうになった僕は、先生の肩に顔を埋《うず》めた。

「……ごめん。こんなときに。でも、知之さんに触りたい」

呼び方に慣れないのか、先生が居心地悪そうに身動《みじろ》ぎした。が、そのあとすぐふっと笑って、

「なにがこんなときに、だ。おまえはどんなときでも正直だろう？」

僕の手を引いて寝室に導いてくれた。この瞬間はいつもどきどきして、緊張するあまり

眩暈《めまい》すら覚える。

寝室に入ると、先生がトレーナーを頭から抜いたので、それを横目で見ながら急いで僕も衣服を脱ぎ捨てていった。

いつも以上に鼓動が速いのは、ちゃんと手順を踏むのがめずらしいせいだと気づく。大概の場合僕ががっついて、焦って、いつ脱いだのかもわからないうちに行為が終わっていることが多い。

日頃の自分を思い出し、落ち込みそうになるが、上半身裸《はだか》になった先生を間近にしてそれどころではなくなる。先生に見惚《みと》れ、うっとりした。

「知之さんって、身体も格好いい。綺麗《きれい》」

無駄な肉がまったくついていない上半身を目にして思わず吐息をこぼした僕に、先生が両手を広げてみせた。

「おまえもなかなかのもんだ」

先生の視線が僕の中心に注がれる。僕のものはすでに腹を叩く勢いで、下着に染みができていた。

恥ずかしくて思わず両手で隠そうとしたのに、そうする前に先生が手を伸ばしてきた。

「あ……」

繊細《せんさい》なタッチで優しく撫《な》でられて、声が出る。布越しであろうと、先生に触られて僕が我慢できるわけがない。あっという間に射精感が込み上げる。一応歯を食い縛ってみたが、無駄な努力だった。

「も、出ちゃうよ」

訴えると、先生は僕をベッドに座るよう促した。

「特別サービスだ」

そう言うが早いか、僕の下着をずらしてそこに顔を埋めてくる。

「え……わ、嘘。あう、んっ」

まったく予期していなかった展開に、先端を舐められ、唇で咥《くわ》えられた途端、感触を味わう間もなく吐き出してしまっていた。

「おまえ――」

先生が、顔を手の甲で拭《ぬぐ》う。

「わー、ごめんなさい！　びっくりして」

慌ててサイドボードの上のティッシュを掴《つか》み取った僕は、羞恥心でパニックになりつつ自分の吐き出したもので濡れた先生の顔を拭った。

「ほんとにごめん！」

「べつに謝る必要はない」

先生は怒ってなかった。その一言で僕の手からティッシュを奪うと、汚れた頬をそのままにして僕を見てきた。

「続き、するのかしないのかはっきりしろ」

そんなの、決まっている。

「します。したいです」

そう返した僕は、先生の背中に両腕を回し、そのままベッドに抱き上げた。とにかく一ミリの隙間《すきま》もないほど密着したい、その一心で先生のズボンと下着を剝《は》ぎ取って、自分も邪魔な下着を脱いで最初の目的を果たした。

「——知之さん」

昂る感情に任せてキスをする。先生の唇はいつも甘くて、僕は夢中ですすり、舌を絡めていった。

焦る僕を、先生の舌が優しく宥める。髪を撫でられながら何度も口づけを交わしているうちに、たまらない気持ちになった。

込み上げる情動に任せ、頬や顎《あご》にも口づける。先生がくすぐったそうにするけど、止められなかった。

どこもかしこも、先生の身体じゅうにキスしたい。大好きだから、大事にしたい。その思いを込めて、首筋や鎖骨にも唇を押し当てていく。

僕が触れて、先生が気持ちよくなってくれたら——その想像だけで頭の中が沸騰《ふっとう》するようだった。

胸に辿り着くと、乳首を舌ですくった。先生の腰がびくりとベッドから浮いたので、調子に乗ってそのまましゃぶりつく。

「……里見」

先生が、少し上擦った声で僕を呼んできた。

「ん……もう、ちょっとだけ」

我慢しなきゃ、というのはわかっている。だけど、僕の自制心なんて泡みたいなものだし、先生が本気で拒否してくれないと止めるのは難しい。都合のいい僕には、今日の先生が厭がっているようには思えないのだ。

ちゅうちゅうと音を立てて乳首を吸いながら、手を下へもっていく。先生のものは勃ち上がっていて、手で包み込むと僕に応えて泣いてくれた。

「……ぅあ」

先生が声を漏らす。とてつもなく色っぽく、扇情《せんじょう》的に聞こえてしまったせいで僕はもう暴走列車も同然だ。

「知之さん……知之さん」

もっと気持ちよくなってほしい。よがってほしい。その欲求が高まり、乳首から離した唇をさらに下へ滑らせる。

どうやら先生に僕の意図は伝わったようだ。

「いいから、待て」

先生が額をぐいと押してきた。

いつもの僕ならここで退いただろう。でも、今日はどうしても先に進みたかった。なぜなら、胸から込み上げてくる欲望が性欲以上に、愛しさだと確信しているからだ。

「待つ、けど……」

肩で何度も息をつき、奥歯を噛み締めた僕は、この状態でじっとしていられる自信がなくてぎゅっと目を閉じる。

これは逆効果だった。先生をすぐ傍で感じるのに見えない状態は、よけいに妄想を掻き立てられ、頭の中はひどい有り様になる。

はあはあと胸を大きく喘がせながら、僕は慌てて目を開けた。最初に目に入ったのは先生の腹の上にだらだらとこぼしている僕自身で、恥ずかしさと情けなさに涙がじわりと滲んだ。

「まったく、なんて顔をしているんだ」

先生の手が僕の髪に触れる。やわらかな手で撫でられて、身を縮めながら上目を向けると、先生はまっすぐ僕を見つめて目を細めた。

「……先生こそ、そんな顔しちゃ駄目だって」

情を感じさせる表情に、ちがう意味で涙が出そうになる。僕は先生が好きで、先生も僕を好きだという事実が幸せで、胸がいっぱいだった。

「もっとしたいって？」

優しく問われ、迷わず頷く。

「したい。全部したい。でも、無理強いするのは厭だ。僕は知之さんが大事で、だから、大事にしたいんだよ」

我ながらなにを言っているのかと呆れるけど、本心だ。先生はどう受け取ったのか、僕の髪をくしゃくしゃと乱した。

「おまえの猫っ毛。俺が掻き混ぜるからいつもくしゃくしゃだな」

「大丈夫。俺、先生に頭触られるの好きだし。あ、禿《は》げたら触ってもらえなくなるから困るけど」

猫っ毛は将来禿げやすいと誰かに言われたとき、真っ先に先生の手の感触を思い出した僕が考えたのは、そのことだった。次の日僕は、ドラッグストアで育毛剤を買った。

「禿げたら、つるつるの頭を触ってやるさ」

先生はそう言うと、額を手のひらで軽く叩いてくる。

「なら、いいや」

なんの問題もないと続けた僕の目に、ふと、先生の睫毛が震えるのが映った。

「引き返せなくなると思ったんだ」

「…………」

なにが、と問うまでもない。さっきも、「逃げ道を作っててやりたい」と言った先生だ。たぶん、僕のために一歩を踏み出せなかったのだろう。

「先に進むと、おまえは責任取るとか言い出しそうで厭だった」

「うん」

先生の言うとおりだ。でも、もし先生と寝なくたって——もちろん耐えられる自信はないが——逃げ道が不要だという気持ちは変わらない。僕はまだ頼りない男だけれど、いつか先生が背負っている荷物を一緒に持てるだけの大人になりたい、そう思っているのだから。

愛するひとと ともにいるということは、人生を分かち合うということだ。

「俺、頑張るよ」

そう返すと、先生は真顔になり、サイドボードに手を伸ばした。一番下の引き出しから取り出されたそれは……潤滑剤のチューブだった。

「通販って手があるだろう」

「あ」

僕は一瞬、返答に詰まる。先生がふたりのためにちゃんと考え、用意していてくれたのかと思えば、嬉しくてたまらなかった。

頬を紅潮させた僕に、ため息混じりの問いが投げかけられる。

「先に聞いておくが、おまえ、これをどうするつもりだ？」

「……どうって」

何度も想像してきた。ひとつになったとき、先生はどんな顔をするだろう。僕はどんな気持ちになるだろう、と。

「痛くしないよう努力する。でも、初めてだから、本気でつらかったら蹴飛ばしてもいいからね」

先生の手を取り、真剣に訴えた。が、返ってきたのは渋面だった。

「やっぱり、そっちか」

なにがそっちなのか、僕にはぴんとこない。

黙ってさらなる返事を待っていると、降参だとばかりに先生が天を仰《あお》いだ。

「そんなことだろうと思ってた。わかったよ。おまえに任せるから、好きにしろ」

先生はそう言うと、まるで殉教者《じゅんきょうしゃ》のような顔をして身体から力を抜く。反して、我慢に我慢を重ねてきた僕は、やっと許しが出て嬉しい半面、がちがちに緊張してしまう。

そっと先生に触れた。

いつも先生が触れてくれるみたいに、僕も優しくしたかった。

キスを再開し、身体を密着させる。それだけで思考がぼうっとしてきて、まるで夢の中にでもいるような心地になった。

先生の身体がしっとりと汗ばみ、僕の肌に吸いつく。どこもかしこも気持ちよくて、僕は夢中になってキスをした。

唇はもちろん、首や胸、乳首。さっきよりも念入りに乳首に吸いつくと、先生の手が僕の肩をぎゅっと摑んできた。

「……っ」

唇を嚙んで快感を堪えている姿に煽《あお》られ、僕はいっそう愛撫《あいぶ》に熱を込める。

触りたいとか、触ってほしいとか、これまではそんな感情でいっぱいだったが、いまはふたりで同じ感覚を共有したいという気持ちが大きい。

胸に手を残して、僕は唇を下腹へと滑らせていった。

上下した先生の腹筋に口づけ、さらに下を目指す。先生のものは触れる前から硬く勃ち上がっていて、感動すら覚えながらそこにも唇を寄せた。

「里……見っ」

一気に喉まで迎え入れると、先生が仰《の》け反《ぞ》る。敏感な反応が嬉しくて、口淫《こういん》に没頭する。

室内に響き渡る先生の荒い呼吸と、僕が立てる濡れた音。

これ以上の昂奮材料はなく、僕は口中で先生を舐め回しながら、右手を自身へやった。擦るためではなく、根元を戒めるためだ。そうしていないと、また先に出てしまいそうだった。

「里見、離せ」

先生の手が僕の頭を押し返す。いきそうなのだろう、先生の腹は波打ち、内腿《うちもも》は痙攣《けいれん》していた。

「――出して」

僕は一言そう言うと、これまで以上に喉の奥まで開いて先生を呑み込んだ。自身から手を離し、先生の脚を割ると、頭を激しく上下させる。

「う……うぁ」

先生が呻《うめ》いたのと、僕の喉にあたたかい絶頂が叩きつけられたのはほぼ同時だった。本能的に、僕はそれを手のひらに吐き出し、その手で自身を擦り立てた。

「あ、あ……すごい、いい」

このまま射精したいけど、次は先生の中でと決めている。自分の手で出すなんてもったいないことしたくなかった。

僕は自分の中の忍耐を掻き集めて股間《こかん》から手を離し、先生の両膝に交互に唇を押し当てた。

「後ろ向いて、先生。たぶんそのほうが楽だから」

情報源はもちろんネットだった。あらゆるノウハウを熟読していてよかったと思う。でなければ、いま頃僕は確実に取り乱していた。

「あ、ああ」

先生が体勢を変える手伝いをしたあと、背中に口づけた。

「綺麗」

背中の滑らかなラインに覚えずそう呟《つぶや》くと、先生が通販で買ってくれたチューブを手に取る。歯で蓋《ふた》を開け、思い切り中身を手のひらに空けた僕は、ジェルを体温であたためてから、そっと形のいい双丘を割った。

「う」

先生の両手がぎゅっとシーツを摑む。

「ゆっくりするけど、我慢できなかったら言って」

以前の僕なら、耐えている先生を前にして躊躇したかもしれない。

でも、いまはちがう。ちゃんとわかっている。「おまえに任せる」と言ってくれた先生の覚悟はきっと生半可《なまはんか》なものではないはずだ。

言葉どおり細心の注意を払って狭間《はざま》に塗りつける。視覚だけでもやばいのに、僕の指に反応して窄《すぼ》まる入り口の感触に、脳天が甘く痺れた。

はやる気持ちを抑え、丹念に塗り、少しずつ開いていく。指先をもぐらせ、わずかに進み、退き——何度かそうしたあと、あたたかな体内に中指を根元まで挿入した。

先生の背中にはびっしょりと汗が浮いている。うなじに口づけた僕は、先生の身体に寄り添うと、次のステップに進んだ。

言葉はほとんど交わさなかった。息遣いだけで互いに感じ取れたし、時折視線を合わせると、より親密になったような気がしていた。

時間をかけて自分の挿《はい》る道を作った僕は、手のひらに残っていたジェルを自身にも擦りつける。先生の吐き出したものとジェルでどろどろに濡れた僕の性器は、もう限界まできていた。

「知之さん……俺、うまくできないと思うけど」

あれほどしたかったのに、この期《ご》に及んで二の足を踏む。もし先生を傷つけてしまったら——想像しただけで背筋がひやりとした。

それなのに、少しも萎《な》えない自分が少し怖くもなる。

「おまえな」

シーツに両手でしがみついていた先生が、肩越しに僕を睨んできた。

「俺にここまでさせておいて、放り出したら承知しないぞ」

コンドームの箱を投げつけられて、僕ははっとする。

先生の言うとおりだ。僕たちはふたりでひとつの行為をしているのだから、不安になったときは先生に助けてもらえばよかった。

「それでいい」

先生がにっと唇を左右に引いたので、嘘みたいに不安も消えていく。コンドームをつけた僕は、僕のためにベッドに這う姿勢を取ってくれた先生の背中にキスをしてから、両手で腰を抱え上げた。

「あ……」

入り口に押し当てた瞬間、先端に吸いつかれてどうしようもなくなる。先生の濡れた入り口に、僕の濡れた性器を擦りつけただけで身体じゅうが蕩《とろ》けそうになった。

「知之、さんっ」

そのまま入り口を割り、先生の腰を引き寄せた。きつく締めつけられて痛みすら感じたけど、途中でやめずにゆっくり進んでいった。

「大丈夫？　苦しくない？　痛くない？」

先生に何度も声をかけながら、根元まで満たしていく。これまで味わったことのない、言葉では表現できない快感に、ひっきりなしに声が漏れた。

「全部挿った。先生、大丈夫？」

汗だくの背中を撫でて問うと、それまで黙っていた先生が初めて口を開いた。

「いいから、動け」

先生の身体は小刻みに震えている。大丈夫じゃないのだとわかったけど、僕は行為を続けた。少しでもよくなってほしくて、先生の性器に手を添えると、どうやら感覚が分散したのか、少しだけ先生の身体から震えがおさまった。

「知之さんっ……大好き」

僕ばかりが気持ちいいことに罪の意識に駆られつつも、あまり激しく動かさないよう奥だけを揺する。僕にとってはそれでもすごい刺激で、頭の芯《しん》がぼうっとしてきた。

それでも、半ば無意識のうちに先生のいいところを探していたようだ。ネットの摺《す》り込みもばかにできないものだと知る。

「うぅ、ぁ」

先生が小さく声を漏らし、手の中のものも反応したので、そこを先端で優しく、ゆっくりと突いた。

「知之、さんっ……あ、すご……俺、溶けそう……ぅんっ」

これまで以上の快感が波のように襲ってくる。先生の奥が震え、僕に絡みついてきて、長くはもたなかった。

「どうしよ……いっちゃうよ」

あまりの気持ちよさに勝てず、僕は半べそを掻きながらあっという間に達してしまった。

当然、先生より先に、だ。

激しい絶頂に声を上げ、きつく先生を掻き抱く。

「ごめん。また先に出た」

余韻と腑甲斐《ふがい》なさの中で、せめてもと手を動かして先生をいかせたけれど、成功したとは言いがたい初体験になった。

先生が、ふっとほほ笑んだ。

「謝るな。最初にしてはうまくいったほうだろ。それに、おまえが早くて助かったよ」

喜ぶべきか、悲しむべきか困る一言だが、先生の笑顔に僕の頬も緩む。最中は必死だったから、いまになって幸せな気分に浸った。

「知之さん」

抱き締めようとしたとき、

「とにかく、疲れたから抜いてくれ」

先生にそう言われて、慌てて身を退いた。驚いたことに、まったく言うことを聞いてくれない僕のものはまた硬さを取り戻そうとしていた。

「それは、自分でどうにかしろよ」

先生はなんでもお見通しだ。欠伸《あくび》混じりの言葉を投げかけられ、横たわる先生をおかずに自慰をするという、僕としては恥ずかしい締めくくりになった。

もちろん、ちょっとほろ苦い結果になったとはいえ、僕にはこのうえなく幸せな初体験だ。

僕はこの日を一生憶えているだろう。

「知之さん、お見合いしちゃ駄目だよ」

背中に密着し、耳許でお願いする。

「初めからする気はない」

眠そうな声の返答に、僕はさらなるお願いを口にした。

「知之さん、リベンジさせて」

これには、そのうちと返ってくる。

「そのうちって、いつ？　知之さんの身体が平気になるまで、どれくらいかかるかな」

本当はすぐにでもリベンジしたいけど、と言外に込めると、よほど眠いのかいつもより素直な答えが先生の唇から紡がれた。

「……おまえの、誕生日あたり」

ちゃんと憶えていてくれたのだ。これで調子に乗るなと言うほうが難しいだろう。

「俺、その日、サプライズで温泉旅行を計画してるんだ」

べつに温泉でなくてもいい気がしてくる。結局僕は単純で、身も心も先生と繋がれるなら場所はどこだっていいのだ。

「おまえなあ」

背中を向けていた先生が寝返りを打ち、僕に向き直った。

「ばかか。サプライズっていうのは、普通祝うほうがするもんだろう。というか、いま言った時点でもうサプライズじゃないし」

「あ、そっか」

どっちだってよかったので、へらへらと笑う。締まりのなくなった僕の頬を、先生が抓《つま》んだ。

「痛いよ、知之さん」

痛みさえなんだか嬉しい。きっとそれは、先生のまなざしがやわらかだからだ。

「おまえといると、俺まで能天気な人間になってくる気がするよ」

先生は疲れた様子でかぶりを振ったかと思うと、次の瞬間、ぷっと吹き出す。

いったいなにがおかしいのか僕にはわからなかったけれど、一緒になって笑い、じゃれ合った。

「一休みしたら、なにか作ってやる。なにがいい?」

「ん……あ、鍋。鍋がいいな」

「おまえ、鍋好きだな。聞くたびに鍋って言ってないか」

「だって、知之さんと鍋食べたいもん」

先生はいつも僕に幸せをくれる。同時に、自分と先生の将来のためなら、どんな高い壁だって越えてみせるという決意も湧き上がる。

もっと頑張ろう。強くなろう。

たとえなにが起こっても揺らがないだけの男になろう。

僕はそう心に誓いながら、先生を抱き締め、髪に口づけた。

先生の本音

若さというのは、それだけで武器になるものだとつくづく思う。こっちの躊躇《ちゅうちょ》を、なんなく飛び越えてくるのだから端《はな》から勝ち目などない。

「知之《ともゆき》さん、すごいね！　ちょー豪華《ごうか》！」

まるで新しい玩具《おもちゃ》でも与えられた犬みたいに、さっきから部屋じゅうをぐるぐる回ってはしゃぐ里見《さとみ》を、真壁《まかべ》は茶を飲みながら見上げた。

「喜んでくれるのはなによりだが、少しは落ち着け」

テーブルをとんと叩《たた》き、座るよう促す。里見は、とりあえず向かいに腰《こし》かけはしたものの落ち着く気配はなく、今度はそわそわと首を周囲に巡らせ始めた。

「高かったんじゃないの？　三部屋もあるし、部屋に露天風呂《ろてんぶろ》までついてるし。というか、知之さんが温泉に誘ってくれるなんて思わなかった！」

子どもみたいに瞳《ひとみ》を輝かせる様を前にすれば、まあ、いいかという気になってくる。真壁にしても喜ばせるのが目的だったので、なんの文句もない。

「さすがだよね。俺、知之さんに温泉旅行断られたときには落ち込んだんだよ。まさか、こんなサプライズが待っているなんて、知らなかったから！」

素直に喜ぶ里見を前に、なにも返さず黙って茶を飲む。道中からサプライズを連発されて、多少気恥ずかしかったのだ。

そもそも自分はそういう性格ではない。サプライズどころか、イベント全般に興味が薄かった。反して里見は、なにかと記念日を作りたがる。

咳払《せきばら》いをして、視線を部屋の隅《すみ》へとやった。

「それにしても、おまえ、やけに多いな」

たかだか一泊二日だというのに、里見はスポーツバッグいっぱいの荷物を持参している。女性だってそんなに持ってこないだろう、大荷物だ。

「そうかな。普通にこれくらいになったんだけど」

里見が平然と答える。やはり、若い奴《やつ》のすることはわからない。里見の理解できない行動は、なにも今日の荷物が初めてというわけではなかった。

先日のこと、たまには外で待ち合せたいというので、そのとおりにした。てっきり外食でもするのだとばかり思っていたら、結局、スーパーに寄っただけでうちに戻り、いつもと同じく自宅で夕飯をとった。

部屋のほうが落ち着くから、とそのとき里見は言ったが、それなら外で会う必要があっただろうか。

これを普通というなら、ジェネレーションギャップ以外のなにものでもない。

ため息をついたとき、部屋の呼び鈴がなった。

「お食事の準備をさせていただきます」

担当の仲居は、五十歳前後の品のいい女性だ。和装できぱきと動き回る姿には、五十代後半になる母親の姿が重なる。会社員の父親は家事全般からっきし駄目《だめ》なので、母親は現在でも保母をしながら家事をこなしている。年じゅう忙しい母親を近くで目にしてきた真壁は、働く女性は大変だなと子ども心に思ってきた。

だからこそ、早く孫の顔が見たいという母親の希望を負担に感じるとともに、孫どころか嫁《よめ》の顔も見せられない事実に申し訳ない気持ちにもなるのだが、いくら勧められようと見合いをするわけにはいかなかった。そもそもゲイである自分と会うはめになる女性に悪い。

「ご兄弟で温泉旅行ですか？　いいですねえ」

テーブルに料理を並べる傍《かたわ》ら、にこにことして仲居が声をかけてきた。どう答えようかと考えた一瞬の間に、里見が口を開いた。

「あ、ちがいます。兄弟じゃなくてこ――」

「親戚《しんせき》です」

慌てて里見の言葉を封じる。

「お……甥《おい》っ子なんですよ」

叔父《おじ》と甥が旅行しても変じゃないよな、と心中で自問自答しつつそう続けた真壁に里見は不服げな視線を向けてきたが、文句を言いたいのはこっちのほうだと詰《なじ》ってやりたかった。

里見がなんと答えようとしたのか、想像しただけで冷や汗が出てくる。

横目で里見を黙らせておいて、仲居に笑顔を向けた。

「まあ、そうなんですか。羨《うらや》ましいわ。仲がいいんですね」

これにも、愛想《あいそ》笑いで応じる。

「ええ……まあ。最近の子はちゃっかりしているので、ただで温泉に入れて料理を食べられるっていうだけでしょうけど」

真壁にしてみれば、最善の躱《かわ》し方をしたつもりだったのに、またしても里見がよけいな口を挟んできた。

「そんなことない。俺は嬉しくて、昨日眠れなかったくらいだし」

「里見」

だが、うっかりしたのは真壁のほうだった。先刻仲居に挨拶《あいさつ》をした際、浮かれた里見はフルネームで名乗った。叔父が甥を名字で呼ぶのは、どう考えてもおかしいだろう。

こういうことにはやたら聡《さと》い里見を窺《うかが》うと、案の定、その顔は期待でいっぱいだ。

「あー……」

咳払いをした真壁は、渋々、初めて名前を口にする。

「和秀《かずひで》。少し落ち着きなさい」

べつに名前を呼ぶくらいたいしたことではない。あまりに里見がうるさいので、つい意地になって名字にしているだけだ。

ただこのタイミングでは、まんまと里見の術中にはまった気がして面白くなかった。

「うん。わかった！」

真壁の心中などお構いなしに、里見が上機嫌で頷《うなず》く。頬《ほお》を染め、蕩《とろ》けんばかりの笑《え》みを向けられると、一刻も早く仲居が立ち去ってくれるよう祈らずにはいられなかった。

「このあとは天ぷらをお持ちしますので、どうぞごゆっくりお召し上がりください」

ようやく仲居が部屋を出ていった。

「おまえ、調子に乗るなよ」

ワントーン声を低くし釘《くぎ》を刺してやると、笑顔はそのままで里見は正座をした。

「すみません。調子に乗りました」

謝ってきたところで表情がこれでは意味がない。とはいえ、仔犬《こいぬ》みたいな姿を前にすればどうでもよくなってくる。

「食べるぞ」

結局そう言いテーブルにつくよう促すと、現金な里見らしく早速「わーい」と声を上げた。

「うまそう。ていうか、やっぱり高かったんじゃないの。料理もちょー豪華」

里見が言うとおり、それなりに奮発した。大人《おとな》としての見栄《みえ》も多少あったが、なにより里見の驚く顔を見たかったのだ。

「そんなことは気にしなくていいから、こういうときこそおまえの食べっぷりを発揮しろ」

照れ隠しで素っ気なく言い放ち、真壁自身はビールを手にする。と、すぐさま里見が奪って、酌《しゃく》をするためにこちらへ傾けてきた。

たまにはいいかと素直に注《つ》いでもらい、お返しに里見のグラスにもビールを満たす。そうしながら、真壁は妙な心地になっていた。

「まさか、おまえと向かい合って飲む日が来るなんて、あの頃は想像もしなかったな」

先のことまで考えようと思わなかった。考えてはいけないとどこかで自制していたような気もする。

手にしたグラスに目をやった里見が、うんと頷いた。

「俺も想像してなかった。俺にとって『先生』は手の届かないひとだったし」

殊勝な言葉をこぼす里見を笑うつもりはない。当時、里見がいかに必死だったか、真壁自身が誰よりわかっていた。

教師と生徒だ。真壁にしても、最初はどうにかなろうなんて気持ちは微塵《みじん》もなかった。しようがないことだと端からあきらめていた。

それなのに、里見があまりに一生懸命だったせいでつい魔《ま》が差した。里見が転校すると知って、うっかり欲が出てしまった。

モラルに反すると承知で、それを曲げてまで繋《つな》がりを持とうとしたのは、あのまま終わりにしたくなかったからに他ならない。

結局、当時から里見が可愛《かわい》くて仕方がなかったのだ。

「でも、いまはいろいろ想像してるよ。知之さんと俺の明日、来年、三年後、五年後、十年後、その先もずっと想像してる」

ふっと目を細めた里見の表情が、ひどく大人びて見えて真壁は息を呑《の》んだ。

たったいま子どもみたいに笑っていたかと思えば、次の瞬間には大人びた表情で自分を見てくる。最近の里見に目を奪われることがたびたびあり、その事実がひどくくすぐったかった。

早く大人になると言ったあの言葉を、里見は必死で守ろうとしているのだ。

「いいから、早く食べよう」

口早にそう言って、乾杯する。

鮑《あわび》の磯《いそ》焼《や》きの先付《さきづけ》に始まって、河豚《ふぐ》の昆布〆《こぶじめ》や唐墨《からすみ》等の前菜、お造り、お椀《わん》、金目鯛《きんめだい》のしゃぶしゃぶ。

里見は日頃以上の食欲を見せ、真壁の食べ残したぶんまで綺麗《きれい》に平らげていった。

「おまえ、大丈夫か。いまから天ぷらとか来るぞ」

と、これはよけいな心配だったらしい。

「わかってるよ。ぜんぜんいける」

余裕の顔をして親指を立てた。

本人の言ったとおりその後も焼き物、天ぷら、煮物、ご飯に留椀《とめわん》の汁、最後のフルーツと胡麻《ごま》プリンにいたるまで、里見が箸《はし》を止めることはなかった。

「あー、おいしかった」

満足そうに腹を叩いた里見に感心しつつ、大きくなるはずだと思う。このままいけばじきに真壁の身長に追いつき、抜いてしまうにちがいない。

「いつの間にこうなったのか」

自分の背中を追いかけていた頃の小柄な里見を思い出してぽつりと漏《も》らすと、腹を擦《さす》っていた里見が敏感に反応して身を乗り出してくる。

「え。いまの、もしかして俺のこと？　なんかいま、裏切られたって言い方に聞こえたんだけど」

じっと見つめられて、真壁も見返した。

確かに、高校生の里見は外見も中身も可愛くて、ちょこまかと動く姿がほほ笑ましく、いつの間にか横目で追いかけてしまうときもあった。いまはずいぶんと背が伸びたし、体軀《たいく》も顔つきも大人になってきた。

顎《あご》のラインがシャープになると同時に、目許《めもと》の印象も強くなった。おそらくあと数年すれば、可愛いという表現が似合わない容姿になるだろう。想定外だったという意味では、裏切られたと言えるかもしれない。

「まあ、当たらずといえども遠からずだ」

真壁の返答に、里見が納得できないと言いたげに首を傾《かし》げた。

「え……マジで裏切られたって思ってる？　でも、知之さん、俺のこと好きだよね？」

「おまえ――」

面と向かって聞くことか。

しかも、里見はそれを信じて少しも疑っていないようだ。

いつの間にこれほど自信家になったのか。恥ずかしげもなく確かめてきた里見を睨《にら》んでやったが、そうではなかった。

「だって、伝わってくる。俺、知之さんのこと好きだから、もし知之さんの気持ちが冷めたら絶対わかると思うし」

「…………」

こんな台詞《せりふ》をさらりと告げられて、いったいどう返せばいいというのだ。普通は恥ずかしくて言えない言葉をなんのてらいもなく口にできるところが里見の強さだとつくづく思う。

これでは敵《かな》うわけがなかった。

真壁は苦笑し、降参だと両手を上げた。

「そうだな。俺はおまえが可愛いよ」

ひとは外見だけではないと、里見を見て実感する。現に真壁は、見た目だけならいまよりずっと可愛かったあの頃の里見より、いまのほうがずっと可愛いと思っている。

理由は明白だ。重ねた年月のぶんだけ、愛《いと》おしさが増したのだ。

「よし！」

てっきり喜ぶなり照れるなりするのかと思えば、里見はいきなり掛け声とともに立ち上がった。

仲居に電話をかけて食事の後片づけを頼んですぐ、真壁に風呂を勧めてくる。一緒に入りたいと駄々をこねるとばかり思っていたので拍子抜けしたが、里見を残して真壁はひとり露天風呂に入った。

「里見にも節度があったということか」

生け垣に囲まれた檜《ひのき》風呂で両手を伸ばし、肩《かた》の力を抜く。旅館が繁華街《はんかがい》から離れた場所にあるおかげで周囲は静かなうえ、顔を上げると月がはっきりと見え、心からリラックスできた。

あまりに心地よくて睡魔に襲われ、早めに切り上げて部屋に戻ってみると、引き戸の前で里見が待ち構えていた。

「すぐ出るから、ビールでも飲んで待ってて」

その一言で露天風呂へと消えていく。

「慌てなくても、今日くらいゆっくり入れよ」

そう声をかけたが、里見には聞こえなかっただろう。なにしろそのときにはもう引き戸の向こうだったのだから。

「まったく」

苦笑いで缶ビールを取り出し、真壁はテーブルにつく。手持無沙汰《てもちぶさた》だったので、そこにあったファイルを開いて旅館の案内に目を通していった。

ぱらぱらと捲《めく》っていたとき、引き戸ががらりと開く。

里見が風呂に入ってからまだ五分とたっておらず、ビールもまだ二口しか飲んでいない。

「おまえ、温泉でも烏《からす》の行水《ぎょうずい》か」

あまりの速さに呆《あき》れる真壁に、里見はおざなりに身に着けた浴衣《ゆかた》姿で胸を張った。

「あとでまた入るから大丈夫。それより、知之さんはなにかしたいことある？」

テーブルの上の案内を見ていたからだろう、予定を問われてファイルを閉じる。

「いや、暇だったから開いてみただけだ」

真壁の返答に真顔で深く頷いたかと思うと——里見は部屋を横切り、襖《ふすま》を開けた。

隣室にはすでに布団《ふとん》が用意されている。

「う」

それを目にした途端《とたん》、思わず舌打ちが出た。

ふたつの布団がくっつけられているのは、まだ想定内だ。仲居が去ったあとで里見がくっつけたのだろう。

だが、それだけではない。枕許には見憶《みおぼ》えのあるものがふたつ、恥ずかしげもなく並べて置いてあった。

コンドームと潤滑剤だ。

「ばかだろ、おまえ」

怒る気にもなれず、脱力して頭を抱える。素直なのはいいが、ここまでストレートだともはやなんと言っていいのかわからなくなる。

「え、なんで?」

しかも本人は、なぜ啞然《あぜん》とされているのかわかっていないという有り様だ。

「なんでって、そもそもおまえは恥を知らな——」

だが、それだけではなかった。

「……っ」

一瞬、言葉を失う。当然だろう。以前、一緒に買い物に出かけた先で里見が購入したシーツがそこにあるのだから。

まさかと自分の目を疑ったものの、和風旅館に不似合いな鮮やかなブルーのシーツはやはりあのときのものだ。しかも、もう一方の布団につけられているのは——ダークブラウンのシーツだった。

立ち尽くす真壁の隣で、里見が照れくさそうに頭を搔《か》いた。

「知之さん、こげ茶色好きだから」

「…………」

なにを言っているんだ。シーツを前に完全に思考が停止してしまった真壁だが、なんとか平静を取り戻そうと努力する。その甲斐《かい》あって、しばらくするとやっと頭が回るようになったが、やはり里見の行動は信じがたいものだった。

ようするに、あの大きな荷物の大半は二枚のシーツだったのだ。真壁が風呂に入っている間に、急いで準備したのかと思うと情けない気持ちにすらなってくる。

現実から目をそらしたい一心で、くるりと向きを変えた。ふたたびテーブルに戻った真壁を、里見が追いかけてきた。

「まだ起きてる？　布団入らない？」

期待を込めて覗き込んでくるその顔は、まるで待てを強《し》いられている仔犬同然だ。いくら可愛かろうが、流されるわけにはいかなかった。

「おまえはどうかしてる」

里見には真壁の言いたいことが伝わらないらしい。意味がわからないとばかりに顎に手を当てた。

「え……シーツ持ってきたら、駄目だった？　でも、旅館のシーツ汚したらまずいよね」

駄目もなにも、そもそものところから間違っている。

「おまえの頭には、それしかないのか」

せっかく奮発したのに、と口調に込める。

ようやく真壁が言わんとしていることが理解できたのか、里見は慌ててかぶりを振った。

「『しか』じゃなくて、『も』だって。俺、すごく愉《たの》しみにしてたんだよ。この旅行。知之さんと温泉入って、ご飯食べて、観光して、それから一緒に寝てって――あまりに愉しみで、本当にここ数日眠れなかったんだ」

里見の言葉に嘘《うそ》はないだろう。誘われた温泉旅行を突《つ》っぱねたときにはあからさまに落ち込んでいたが、三日前になって真壁が温泉に誘うと、一転、その浮かれっぷりときたら苦笑いするしかなかった。

「だったらおとなしく寝ろ。旅館でなんて、俺はごめんだ」

「でも、あれから一度も触らせてもらってないし」

あれから、というのがいつのことなのか問うまでもない。里見と最後まで進んだときのことだ。

「一度もなにも、会ってもないだろう」

普段から平日は会わないことにしているし、見合いを断るためにごたごたしたので、顔を合わせたのは今日が初めてになる。それゆえ、温泉に誘ったのも電話でだった。

「俺……今日、誕生日だし」

誕生日あたりには平気になっていると答えたことを真壁も思い出したが、小さな声の抗議を無視して、無言で里見を見据《みす》えた。

真壁の拒絶になおもなにか言いたげに唇《くちびる》を動かした里見は、結局それ以上反論してくることはなく、渋々ながらも頷いた。

「けど、布団はくっつけててもいいよね。離れて寝たいとか、言わないよね」

不貞腐《ふてくさ》れるかと思えば、真剣な面持《おもも》ちで念を押してくるところが里見だ。里見がこんな調子だから、揉《も》めることはあっても喧嘩《けんか》になることがない。

だからだろう、やや気難しい性格の自分であっても、まっすぐな里見に接しているうちに多少の問題なら流せるようになった。いろいろなことが些細《ささい》に思え、不機嫌な自分がばからしくなってくるのだ。

ああ、と答えると、

「よかった」

里見がほっとした表情になる。自然と真壁の口許も綻《ほころ》ぶ。こういうとき、たとえ年上の自分であろうと、里見に影響された部分はけっして小さくないと実感する。

いとも簡単に和解し、その後スポーツニュースを観る間メインの和室に留まると、十一時を過ぎてからふたりで隣室に移動した。

ぴたりとくっついている派手なシーツの布団は決まりが悪かったものの、約束したとおり離さなかった。

「電気、消すぞ」

「わかった」

スイッチを押すと、室内は薄闇《うすやみ》に包まれる。床の間《とこのま》の灯《あか》りと玄関のフットライトはそのままにして、布団にもぐり込んだ。

よほどさっきの忠告が効いたのか、里見はおとなしく横になっている。

「おやすみ」

やけに殊勝な声を聞いて手くらい握ってやろうかとも考えたが、そうせずに真壁もおやすみと返して瞼《まぶた》を閉じた。

ひどく静かなせいだろう、少しでも身動《みじろ》ぎすると布団の擦《こす》れる音が室内に響く。里見の呼吸音もはっきりと聞こえてくるので、自分のも……と思えばなんだか落ち着かなかった。

里見が、がさごそと音をさせて寝返りを打った。薄目を開けて確認すると、こちらに背中を向けていた。

半ば無意識のうちに布団から出ている肩やうなじのラインを視線でなぞってしまった真壁だが——やめておくべきだった。

里見から目が離せなくなる。じっと見つめているうちに、過去の出来事や現在のことが脳裏に浮かんでは消え、柄にもなく感慨《かんがい》に浸《ひた》ってしまう。

互いの呼吸音を聞きながらそうしていると、困ったことになった。どうにも里見に触れたくなってきたのだ。

やわらかな髪や、滑らかな頬。素直な性格のとおりまっすぐな鼻筋。生意気にも、髭剃《ひげそ》りのあとのざらりとした顎。

さらに都合の悪いことに身体まで思い浮かべてしまい、憶えのある感覚に襲われ、真壁は動揺した。

なにをやっているのか。

場を弁《わきま》えろと言ったのは、自分なのに。

すぐに里見から目をそらしたが、いったんその感覚に気づけば、なかなかおさまってくれない。小さく舌打ちをすると、真壁も里見に背中を向けた。

どうしてこんなにも静かなのだろう。

これでは、呼吸音どころか心音まで聞かれてしまいそうだ。

自分の心音の速さが気になってたまらなくなり、ぎゅっと目を閉じる。

だが、他のことを考えて気をそらそうとすればするほど背後の里見に意識が向かった。しばらくじっと耐えていた真壁は、息苦しさに耐えかねてとうとう口を開いた。

「もう、眠ったか？」

答えるな。どうか眠っててくれ。

そう願いながら問うと、

「起きてるよ」

静かな声が返ってきた。

「……眠れないのか」

この問いにもすぐに返答がある。

「眠れるわけない」

吐息混じりの里見の声に、真壁は肩を上下させる。どうしようもないときはあると心中で言い訳をし、背中を向けたままでまた話かけた。

「こっちに、来るか？」

今度は答えが返らなかった。布団を跳ね上げる音が聞こえたかと思うと、背中からきつく抱き締められる。

その強さに安堵《あんど》に似た心境になった自分に、呆れずにはいられなかった。

さっきは突っぱねておいて自分から誘うなんて――信じられない。でも、あのままずっと里見を意識しながらじっとしておくことにどうしても耐えられなかった。

「――知之、さん」

耳許で少し上擦った声に名前を呼ばれ、ざっとうなじに鳥肌《とりはだ》が立つ。

浴衣の合わせに熱い手が差し入れられ、胸をまさぐられただけで声が出そうになりすぐさま唇を噛《か》んだが、あまり役には立たなかった。

胸の尖《とが》りを探し出され、首筋や耳朶《みみたぶ》に口づけられて、思わず小さく声が漏れる。里見がそれを聞き逃すはずもなく、いっそ荒々しいほどの勢いで浴衣をぐいと下ろして肩をあらわにさせると、背中にも舌を這《は》わせ出した。

「うぅ……っく」

全身の皮膚《ひふ》が粟立《あわだ》つ。自分でも躊躇するほど昂《たかぶ》るのが早い。はあはあと里見の息がうなじにかかるたびに、たまらなく中心が疼《うず》いてくる。

乳首を指で抓《つま》まれたとき、これ以上我慢できなくて真壁は強引に半身を返した。

「……里見」

深く口づけると同時に、片脚を里見の腰に巻きつける。本能に任せて激しく口づけを交わしながら身体《からだ》を擦りつけ合うと、頭がぼうっとしてきた。

里見のものはいまにも弾けそうなほどに硬い。だが、真壁にしても同じだ。

すぐ傍《そば》にいたのに触れ合わないと自制したせいなのか、それともふたりで旅行というシチユエーションのせいか。

誕生日だからか。それとも、しばらく会えなかったからか。

どれもたいした理由にはならないとわかっているのに、いつも以上に気がはやり、昂奮《こうふん》する。

静かな部屋に衣擦《きぬず》れの音と、ふたりぶんの荒い呼吸音、キスをする濡れた音がひどく大きく響いているような気がする。それしか聞こえない中、我慢できずに真壁から里見の中心に手を伸ばしていた。

「あ……知之、さん」

里見が濡れた声を漏らす。気持ちよさそうなその声を聞いているうちに、もっとよくしてやりたい衝動に駆られる。込み上げてくる欲求に任せ、一度離れた真壁は上半身を起こして里見の浴衣の帯を解《ほど》き、前を開いた。

腹に唇を押し当てると、里見が息を呑む。反応を確かめながら口づけを滑らせていき――下着を押し上げている中心に辿《たど》り着いた。

すでに下着は濡れ、真壁が舌ですくうとぴくりと反応する。

「知……きさ……あぁ」

喘《あえ》ぎ声を耳にしながら、舌を使って愛撫《あいぶ》した。布越しに硬い感触を味わってから、ゆっくりと下着を脱がせていった。

勢いよく跳ねた里見自身に直接舌を這わせる。先端から根元まで舐《な》め下ろしたあと、口中に迎え入れた。

「あ、知之、さ……いいっ……すご、気持ち、い」

腰を揺らしながら里見が喘ぐ。可愛い反応と声に愛しさが増し、知らず識《し》らず夢中になった。

「駄目、出るから……抜かなきゃ」

その言葉にも構わずいっそう深く咥《くわ》えると、直後、里見の絶頂が喉《のど》の奥に叩きつけられる。口いっぱいに広がった若く、青くさい里見の味を躊躇なく飲み下したあとも、宥《なだ》めるように砲身《ほうしん》を舐めていった。

「知之さん……知之さん」

泣きそうな声で何度も呼んできた里見が、真壁の身体を引き上げ、ぎゅっと掻き抱いてくる。首筋に鼻を擦りつけられて、くすぐったい気持ちでやわらかな髪を撫《な》でた。

「すごく好きなんだ」

まるで許しを請うかのように甘ったるい告白をした里見は、背中に添えていた両手を下へと滑らせていく。初めてのときと比べてスムーズな手順を踏む里見に戸惑い、身を硬くすると、肩口に顔を埋《うず》めていっそう甘い声を聞かせてきた。

「ゆっくりするから」

いつの間に用意したのか、里見の指は潤滑剤でぬめっている。入り口にそっと塗り込められる不快感に思わず顔をしかめたが、すぐにそれどころではなくなった。

「……う」

体内に挿《はい》ってきた濡れた指に、浅い場所を探られる。ぐるりと円を描くようにされ、寒気に似た感覚に襲われた。

「平気？　気持ち悪い？」

前回も今回も真壁を気遣いながら、言葉どおり里見は時間をかけて奥へ進んでくる。緩めるというよりは、快感を引き出そうとするような動きに感じられて眉《まゆ》をひそめたが、やはり勘違いではなかった。

「ぅあ」

体内のある場所を刺激されたとき、勝手に身体が跳ねた。そこを指先で捏《こ》ね回されて、耐えがたい射精感が込み上げてくる。

「……よせ」

咄嗟《とっさ》に逃れようとした真壁だが、里見は放してくれなかった。

「見つけた。この前も、最後のほうにちょっとだけよさそうにしてたところ」

「里……見っ」

いつもは従順な里見が、真壁の制止を無視する。執拗《しつよう》に同じところを責められて、ぶるぶると震えつつ首を左右に振った。

「おまえ……こういうことばっかり、憶えて——ぁう」

真壁としては責めたつもりだったのに、ちゃんと伝わらなかったようで、嬉しそうな笑みが返ってきた。

「だって俺、知之さんに関しては必死だもん」

そんなことくらいとっくにわかっている。とはいえ、最初に比べて格段に手慣れた様子を見せられると戸惑わずにいられない。

「も……抜け」

これ以上は無理だと言外に訴える。

「いい？」

すると、熱に浮かされたような声で里見に問われたが、なにがいいのか判然としないまま頷いてしまった。

やっと指が抜かれてほっとする。が、それも束《つか》の間《ま》だった。

「ちょっと体勢変えるね」

甘い声音《こわね》で囁《ささや》いた里見が、真壁の身体を自身の上から布団へと移動させる。背中から抱き締めてきた里見の体温に真壁が身体の力を抜いた、そのタイミングを逃さず、熱い楔《くさび》でそこを抉《こ》じ開けてきた。

「あ、うぅ……」

入り口を割られる衝撃に、自然と身体が逃げを打つ。ごめんと口では謝るくせに、里見は許してくれない。強引に抱き込んで真壁の動きを封じると、ゆっくりと、確実に中へと挿ってくる。

いっそひと思いにしてほしいと口走ってしまいそうなほどにじれったい動きで体内を進ん

でくる里見に、真壁ができるのはただ耐えることだけだった。

「挿ったよ」

里見が掠《かす》れた吐息をこぼす。快感を隠そうともしない濡れた声を聞いて、真壁も深く息をついた。

「大丈夫？」

これには正直に、

「大丈夫、なわけあるか」

と答える。実際苦しいし、圧迫感は尋常ではなかった。

「できるだけ、早くしてくれ」

今回もすぐすませてくれるだろうという意味でそう言ったのに、里見がばつの悪い顔で舌を覗かせた。

「あー……ごめん。俺、ちょっとでも頑張ろうと思って、昨日、厭《いや》ってほど自分で出してきたんだ」

里見らしい一言は真壁を唖然とさせると同時に、不安にもさせた。

「迷惑だ」

その予感は的中する。じわりと退いていった里見は、次に挿ってきたときには先刻指で真壁を追い詰めた場所を的確に突き上げてきたのだ。

「ぁう」

途端に、背筋から脳天まで電流が駆け抜ける。そこばかりを先端で刺激されて真壁は混乱し、理性を失った。

「あ、あ……厭、だ」

やめてくれと言ったところで、説得力がないのは自分でわかっている。

「でも、知之さん……すごく感じてるから」

里見がうっとりとしてそう言うのは当然で、真壁のものは張り詰め、シーツに蜜《みつ》をこぼしていた。

「うぅ、あ、ぅんっ」

自分の口から出ているとは思えない、耳を覆《おお》いたくなる声がひっきりなしにこぼれ出る。

「知之さん……知之さん」

里見が何度も耳許で熱く呼んでくるから、なおさらだった。

「出そう、知之さん……知之、さんは？」

問われても答えられない。性器を撫でられた途端、あられもない声を発しながら達し、目の前が真っ白になった。

「知之さんっ」

抱き締めてくる腕の力が強くなる。それと同時に体内が熱い飛沫《ひまつ》で焼かれた。膜を隔ててさえ勢いのある里見の最後に引きずられ、真壁も否応なくさらなる絶頂に導かれたのだ。

「すごくよかった」

その言葉とともに、頭やうなじ、肩口、いたるところにキスされる。とても同意する気分ではなく、真壁は自分の身体に回っている腕を抓ってやった。

「いたたたた」

里見がへらへらと笑う。

だが、笑い事ではなかった。まさかたった一度の経験でこれほど上達を見せるとは……予想外だ。三度目はこっちもそれなりの対策をしないと、いいようにされてしまいそうな気がする。などと真壁が考えているとも知らず、上機嫌の里見はいっそう頬を緩める。

「俺、生まれてきてよかった」

普通なら吹き出してしまいそうな大袈裟《おおげさ》な台詞も、おそらく冗談ではないのだろう。

俺もそう思うよ、と内心で答える。おまえが思っている以上に俺は、おまえの存在に救われているんだ、と。

とはいえ、これ以上調子に乗らせるわけにはいかないので心中だけに留めた。

「疲れた」

代わりにそう言った真壁は、その後顔をしかめるはめになる。いったいいまのやり取りのどこにその気になるツボがあったのか、あっという間に里見のものは力を取り戻していった。

かる。

「冗談じゃない。早く抜いてくれ」

肩越しに睨みつけても、頬を赤くした里見は身を退くどころか、真壁をまた引き寄せにかかる。

「一回抜いて、コンドームつけ替えたらまたいいでしょ？」

この前のときとはちがい、決めつけた言い方をされて慌てて離れようとしても里見の力が強くてどうにもならない。これのどこが仔犬だと、騙《だま》されたような気がしてくる。

「知之さんもよく言ってたよね。憶えたらすぐ復習しろって」

「………」

ほほ笑み、こめかみにキスしてきた里見に、真壁ははたと気づいた。

そうか。可愛がりすぎて我《わ》が儘《まま》に育ててしまったのは、誰でもなく俺だったか、と。

自業自得《じごうじとく》だ――あきらめの心境でため息をこぼす。惚《ほ》れた弱みという言葉まで脳裏をよぎるのだから、なにもかも手遅れだろう。

ひとつだけわかっていることがある。きっとこの先も自分は里見に振り回され、そのたびにしようがないとため息をつくのだ。

とりあえずシーツを持参してくれてよかった。

すぐに行為を再開した里見に身を任せながら、そんなことを考えた自分に呆れたが、けっして厭な気分ではなかった。

あとがき

こんにちは。初めまして。

旅立ちの季節、春にふさわしく今作は高校教師とその生徒のお話になりました。個人的に学園ブームが到来しているので、「若いって素晴らしいなあ。ばかなことしても、全部可愛いから許せちゃうよね」などと思いながら書いてました。

先生と生徒の恋愛って、ご主人とお隣の旦那さんの不倫くらい禁断感があるような気がします。

高校教師という響きがすでに禁断な感じ。

やっぱり、十代の一番多感な時期を一緒に過ごす先生だからでしょうか。

あ、あと、傍にいられるのは三年間というリミットがあるところも、萌え要素かもしれません。春は旅立ち＝別れの季節ですもんね。

私にとって春は、花粉の季節です。

このあとがきを書いている現在、私のもとにも来て、居座ってます。

この時期のあとがき、私、花粉のことばかり書いてるな。

アレルギーといえば、牡蠣アレルギーもあるのですが、こっちはもう、命がけになってしまうので細心の注意を払わなければなりません。が、食べなければすむ話なので、やはり花粉のほうが重要事項になってしまいます。

花粉症の皆様、ともに乗り越えましょう。

さておき、高校教師と生徒の今作ですが、広乃香子先生にイラストを担当していただきました。カバーイラストを拝見して、とても可愛いふたりに癒されました！

カバーイラストが教室というのはたぶん初めてのことなので、すごく新鮮な気分にもなりました。

広乃先生、素敵なイラストをありがとうございます！　本という形になって改めて目にする日が楽しみです。

担当さんも、いつもお世話になっております。部活、いいですよね！

この本をお手にとってくださった皆様には、心からの感謝を捧げます。

読者様の中には、毎回読んでくださっている方もいらっしゃって……どうお礼を伝えたらいいのかわからないくらいです。

本当に本当にありがとうございます！　少しでも気に入っていただけるよう、心して頑張ります。

とりあえずは、今作、ちょっとでも萌えていただけるシーンがあればいいなあと、どきどきしつつ祈ってます。

高岡ミズミ

✦初出　伝えたい気持ち…………「小説ラキア2002年夏号」掲載作を大幅加筆修正
年下の本気………………書き下ろし
先生の本音………………書き下ろし

高岡ミズミ先生、広乃香子先生へのお便り、本作品に関するご意見、ご感想などは
〒151-0051 東京都渋谷区千駄ヶ谷 4-9-7
幻冬舎コミックス　ルチル文庫「本当の恋を教えて」係まで。

RB 幻冬舎ルチル文庫
本当の恋を教えて

2014年3月20日　　第1刷発行

✦著者	高岡ミズミ　たかおか みずみ
✦発行人	伊藤嘉彦
✦発行元	株式会社 幻冬舎コミックス 〒151-0051 東京都渋谷区千駄ヶ谷 4-9-7 電話 03(5411)6431［編集］
✦発売元	株式会社 幻冬舎 〒151-0051 東京都渋谷区千駄ヶ谷 4-9-7 電話 03(5411)6222［営業］ 振替 00120-8-767643
✦印刷・製本所	中央精版印刷株式会社

✦検印廃止

ISBN978-4-344-83095-0　C0193　Printed in Japan

イラスト
高岡ミズミ
陸裕千景子
[Maybe Love]
田舎へ赴任してきた小学校教師の比呂。引越しの日に出会った軟派な隣人——長めの髪に整った顔立ち、派手な羽織りを纏った馨から「美人だ別嬪だ一目惚れだ」と畳みかけられて面喰ってしまう。慣れない新任地での日々、何彼と助けてくれる馨のことが気になり始めた頃、問題児の母親と馨との危うい関係に気づいて……。書き下ろし収録で文庫化!!
本体価格571円＋税

発行●幻冬舎コミックス　発売●幻冬舎